偶然を生きる

冲方 丁

角川新書

はじめに

人間はなぜ物語を求めるのでしょうか。

物語は人間に何を与えてくれているのでしょうか。

物語という言葉を知らない人はいないと思います。そうであるにもかかわらず〝物語が何なのか〟ということを理解している人は意外に少ないのではないでしょうか。

かくいう私自身、物語というものを理解しきれているわけではなく、まだまだ模索している状態です。だからこそ、私は毎日、飽きもせず「物語のもつ意味」「創作の真髄」を言語化する試みを続けているのです。

物語とは、人間が自分たちの人生を理解しようとする試みだともいえます。

時代ごとに物語とはこういうものだというコンセンサスが生まれてきました。ですが、そこで定義づけられた物語だけが物語だというわけではありません。過去から現在まで、さまざまな物語が生まれてきており、そこから派生したさまざまな事象があります。それはたとえば時代を読み解くコンテクストであることもあれば、哲学的な方法論であったり、人に何かを買わせるためのストーリーやコマーシャリズムであったりもします。世の中では無数の物語が生まれて蓄積されていく。その物語をどう俯瞰《ふかん》し、どう理解すべきかを考えることは、私にとっては一生の課題になっているのです。

その課題を解くうえで重要なキーワードとなるのが、偶然と必然です。

たとえばサイコロを振ったとき、どの目が出るかはわからないのに、人生を左右するほどの選択をそこに託してしまうことがあります。かつてバイキングは、サイコロ博打《ばくち》によって主人と奴隷の関係さえ決めていたともいいます。サイコロがもたらす偶然性の中に、「自分の未来はどうなるのか」という原始的な物語を見出《みいだ》していたのかもしれません。

人間は、比較的素直に偶然に従う傾向があります。人生の大事な場面において、あらかじめ決められていたとおりに進んでいくときには疑念があったり淡々としたりしていても、あたかもサイコロを振るかのように偶然に導かれたときは、積極的にその進路に納得できるという傾向があります。サイコロを振ったのが自分であれば、その偶然を導いたのは自分であり、それが自分の運命だと受け入れられるからです。

偶然にはリアリティがあります。その偶然性を必然と感じること、感じさせることが、人間が行なう物語づくりの根本になっているのです。

そもそも、私たちは偶然によって生まれてきます。どんな人間も高度なシステムも、誰がいつどこでどんな理由で生まれてくるか、予測することはできません。人の生命の根本は、そしてまた社会は、偶然から生まれてくるのです。

物語づくりとは、そうした偶然のリアリティを差し替えたり、動かしたり、改変したりしていく作業だともいえます。

人は誰でも偶然を生きている。

その偶然を考えていくことは、物語の本質を突きつめていくことになるとともに、物語にあふれた世の中で、どう生きるべきか、本当の幸福を摑《つか》むにはどうするのがいいのか、といった道筋を探すことにもつながっていくのです。

物語とは何か。

人は、どのようにして、偶然を生きていくのか。

この本を通してその答えを見つけていきたいと思います。

目次

はじめに　3

第1章　「経験」の構造と種類　15

経験と体験　16
社会が共有する時間　18
「物語」が生まれる瞬間　21
経験の分類　23
「神話的経験」の時代　26
社会を変える「人工的経験」　28
社会を突然、変えるということ　31
宗教的経験に関する考察　32
「第四の経験」の影響力　37
民主主義と反対者　40

知恵のアーカイブ　42

第2章　偶然と必然のある社会　47

人間は未来に何を求めているのか？　48
「報酬」という発明　51
「動じない物語」のストレス　53
物語をリセットする神話的な経験　54
第三の経験がもたらしてくれるもの　57
第一の経験の刷新　59
報酬という代替品　61
社会の変動と利害関係　63
第二の経験の存在意義　66
イノベーションと第二の経験　68
過渡期にある現在　70

第3章　偶然を生きるための攻略法　75

サイコロを投げる意味　76
偶然性と物語づくり　79
世界と一体化するための儀式　82
時間感覚をめぐるビジネス　83
短縮される時間と寿命　85
マンネリ化と第二の経験　87
刑務所と浦島太郎　89
経験の抽象化と物語　92
偶然の必然化　94
根本を司る原動力　95
人生に迷う図式　98
バランスを取る努力　101
悲劇と喜劇の構造　102

第四の経験にもとづいた仮想空間　105
非日常と日常の行き来　107
人間の死角　109
現実感覚の正常化　111
人生の攻略とは何か？　115

第4章　物語と時代性　119

始まりとしての「神話」　120
神話が果たしてきた役割　122
王権的物語からの脱却　124
現代が生み落とすビジネスの物語　128
カウンターではないカルチャーは存在しない　130
現代の新たなカウンター　132
文芸作品としての物語　134
二一世紀の文芸復興　136

ギブ&テイクと報酬　138
文芸アシスタント制度は成り立たないのか？　141
ノンフィクション作家の役割　143
物語の「新たな変化」　145

第5章　日本人性がもたらす物語　149

日本人の宗教観　150
イメージとのギャップ　153
独自の吸収力と娯楽力　155
日本独自のあり方　156
際限がない日本人　158
日本人は操りやすい国民か？　161
コミュニティの束縛　163
日本語と吸収力　165
渋川春海に問う、日本人性とは何か？　167

再チャレンジが許される日本 169
日本語で物語を書くモチベーション 171

第6章　リーダーの条件 175

リーダーに問われるVSOP 176
コミュニティとリーダー 179
天国か奈落か 182
偶然の言語化 183
変化を拒む選択 185
変わりたがらない国 188

第7章　幸福を生きる 191

個人の幸せとコミュニティ 192
成功のビジョンと幸福のビジョン 194
幸せをつくりだす訓練の必要性 196

コミュニティを探す旅　199
幸福感と多幸感の違い　201
成功と幸福　203
聖域と自分探し　205
渋川春海と人間の寿命　206
四種類の不幸　210
絶対的な自己肯定　211
自己肯定から他者肯定へ　213
幸福を求めるリスク　215
シンギュラリティを迎える二〇四五年問題　217
ＡＩと奴隷　220
幸福への道　222

第1章　「経験」の構造と種類

●経験と体験

物語とは何か？

それを読み解くキーワードとなるのが、偶然と必然です。

偶然を考えるには、人間がどのようにものごとを認識しているかを確認しておく必要があります。そこで重要な意味をもつのが、経験と体験です。

すべての物語のベースには経験がある。経験とは、人それぞれの固有の体験の集合体といえます。経験はどんどん蓄積されていく。誰かが体験したことが経験となり、これから別の誰かが体験することに役立っていきます。

人は現実を認識する際に五感を使います。視覚、聴覚、嗅覚《きゅうかく》、味覚、触覚という生物的な体験がまずあります。そして、それら五感に匹敵するくらい重要になるのが、時間感覚です。時間こそ、人間の体験を価値づける重要なファクターなのです。

時間には、長いか短いかという尺度があるだけではなく、あるものごとの前に何があって、後に何があったかという因果関係を教えてくれるという特徴があります。同じ行為であっても、どのような順序で行なわれたかによって意味合いは違ってきます。わかりやすい例を挙げるなら、バラバラ殺人があったとき、殺す前にバラバラにしたか、殺してからバラバラにしたかによって事件の性質は異なってくるので判決も変わる。そういうことがあるため、古くから人間は、ものごとの因果関係をしっかりと確かめて読み解こうとしてきました。

五感と時間感覚を組み合わせた体験が集合していき、経験として共有されます。経験には、自分自身が体験してきて他人のためにも役立てられるような直接的な経験と、誰かの体験がもとになって自分のためにも役立つ間接的な経験があります。文明や文化の大半は、自分以外の大勢の体験がもとになった、間接的な経験がつくり上げてゆきました。

人は、自分が体験したこと以上の中で暮らしています。自分の体験だけを基準にして生きている部分は非常に少なく、大半を、自分以外の誰かの体験に依存しています。日々のニュースをはじめ、科学的な発明や社会的な保障などもそうです。自分では体験できないこと、理解できないようなものごとについては、ほぼすべて他人の経験に従い生きている。そのため、自分の主体的な意志というのは、本来、非常に小さなものなのです。

五感から得られるディテール（detail）とは、ものごとの異なる部分、差異を認識すること、あるいはそこで認識されたものです。そこに時間感覚を加えて複数形のディテールズ（details）となれば、ものごとの経緯を順序立てて話すという意味をもちます。日本ではあまり一般的な用法になってはいませんが、ディテールズという言葉には五感と時間感覚から得られる双方がふくまれます。

時間感覚は意外なほど五感すべてに影響を与えているということを念頭に置いて下さい。大抵の人はその意識がなく、自分が五感で経験したことだけを主体的に受け取っていると考えますが、そうした経験の主体である自分自身を形作っているのは、時間感覚です。時間というものの積み重ねがないと、人間は価値観そのものをもてません。

そして偶然も必然も、この時間感覚から生まれてくるのです。

●社会が共有する時間

我々は、どのように時間を感じているのでしょうか。

まず時間を計測する基準をつくりました。太陽が地平線に見える瞬間とか、影がもっとも長くなる日とか、木々が色づいたり新芽が出たりする頃合いとか、多くは自然環境の変化が基準となっていきました。

そして、その基準をもとに、さらに精密に時間を計るための道具をつくりました。

そのために客観的な時間の目盛りをつくり、その目盛りをもとに個々の人間がどれくらいズレているかを認識するようになっていったのです。

その目盛りが、いまの我々の文化の大前提として機能しているのです。時間に縛られる、という言い方をする場合、その人の時間感覚ではなく、社会全体が共有している時間の目盛りに縛られたり焦らされたりしていることを意味します。不自由さを感じたり、焦ったりと、時間を巡って何かしらの感情が生まれるのは、自分の時間感覚が、他人や社会全体が共有している目盛りと異なっているからです。

時間は、勝手に進んでいくようにも思われがちですが、実際のところ、時間の層は、誰もが共有できる時間と個人で体験する時間に隔てられています。時間における経験と体験の差異だといえます。

時間の体験は、自分一人のものです。あることをするときにかかった時間が、長いか短いかは、その人の固有の感覚にもとづいています。

しかし社会を成り立たせるためには、時間の経験を個々の人間に強要する必要があります。ある時間に集まる、ある時間から始める、ある時間には終わらせる。経済的な必要性や政治的な必要性など、ありとあらゆる必要性に応じて社会の目盛りはどんどん区切られていきます。たとえその目盛り自体に価値はなくても、社会全体で時間軸を共有するための道具として、時間が定められているわけです。

たとえば「締め日」という考え方は、主にルネサンス後のフランスで使われるようになったものです。株式会社が発達したとき、企業や個人がありったけの投資をしたことで破産者や自殺者がどんどん増えていきました。それを防ぐために定期的な締め日を設定し、貸借対照表をつくる、といった知恵が生まれた。それが世界で共有されるようになっていき、現在の企業社会というものを成り立たせるための時間の目盛りとして組み込まれていったのです。

こうした時間の目盛りは普遍的でどんな時代にも通用するものだと思われがちですが、時代や国によって目盛り自体が大きく違ってきます。数百年前の日本には正確なクオーツ時計などはなかったし、時間の目盛りはもっとゆるやかなものになっていました。分刻みではなく、二時間ごとや四時間ごとなどというふうに時間がとらえられていたのです。

誰もが同じように認識するものとして、日本では、月のめぐり合わせを見ていました。誰が見ても、同じように現在の状態を認識できるからです。

目盛りは便利でも、それはただの道具であり、目盛り自体に価値はありません。そのため、目盛りと一体化していくと、自分の固有の体験が消えていき、みんなが経験するようなことしか体験できなくなっていく。それは人間から生きがいを奪うことにもつながっていきます。それこそ社会で生きるうえでの危険性やデメリットの本質であるといえます。

人は常に自分固有の体験に心を向けていくようになっています。しかし、その固有の体験を豊富にしたり安全にしたりするため、他者の経験や社会の目盛りに寄り添って立っているのだということを、まず理解しておくべきなのです。

●「物語」が生まれる瞬間

因果関係を認識するためには、時間感覚と密接な関係をもつ、「数」が用いられます。たとえば、ご飯を食べたあと、食べたという証拠はどこにあるのかという考え方を人間はします。自分が食べたことによる原因と結果を、肉体の実感だけではなく、外にも求め、それを形にすることで認識するためです。ある物をこれだけ食べたら元気になった、ある物をこれだけ食べたら病気になった、と判断していく際に具体的な証拠を取っておく癖も人間にはあります。そうした人間の習性から、数というものが必然的に生まれました。

数え方については、残っているものから逆算するという考え方があります。たとえば、頭蓋骨《ずがいこつ》が一個あったとすれば、そこに〝一個〟の生き物がいたという因果関係が成り立つと理解する。

日本語であれば、生き物を数えようとするときには、牛なら一頭、鳥なら一羽、魚なら一尾となるように、それぞれに単位＝助数詞が異なります。この単位としては、死んだあとにその存在をもっとも特徴づける要素が選ばれているのではないかと私は理解していま す。「頭」「羽」「尾」などはわかりやすい例です。人間の数え方は一名、二名です。それにしても、人間にとっては、死んだあとにその存在がもっとも特徴づけられるのが「名前」なのだと考えれば、妙にうなずけるものがあります。

このように人間はいくつもの数え方をつくり、生命が現われては消え、消えては現われる自然界の現象をどうにか理解しようとしてきました。その行為を延々と繰り返しているところにも物語が生まれる契機があったといえます。

人間を一人、二人あるいは一体、二体と数えていたところで、あるとき一名、二名と数えるように変わったとするなら、そこで明らかに文明に差が出てくる。ただの因果関係ではなく、誰かの人生がそこにあったという認識が生まれるからです。

これが物語が生まれる瞬間です。そういう瞬間は他にもたくさんあります。いずれも、その特徴は、人間の認識の変化が物語の誕生を導いているということです。現実的には、人間の認識が変化したからといって、ものごとが変わるわけではありません。それを理解する人間の側の意識が明らかに変わっていくということです。それまでは、ぼんやりと見ていたものが、ある日突然、意味をもって個人に迫ってくる。それによって人生を左右したり、社会までをも左右するような物語が生まれることもあるのです。

科学でいえば、たくさんの発明がそうです。化学であれば、ただ存在しているだけでは特別な意味をもたなかった物質であっても、誰かのアイデアやひらめきによって、意味が生まれていった。酸化と塩化が厳密に区別され、変化を読み解くための化学記号が発明されたりしていった。そうした経験が蓄積され、やがてさまざまな物質が人の手でつくられるようになった。こうしたこともまた、物語が生まれる瞬間のひとつです。個々の人生だけでなく、環境や社会にも影響を与え得るのが、物語の力です。

●経験の分類

人間は自分以外の誰かの体験に寄り添って生きており、個人のディテールズで得られるものは経験のうちのごく一部でしかありません。

経験は、大まかに四種に分類できます。

第一の経験が「直接的な経験」——五感と時間感覚です。

第二の経験が「間接的な経験」——これは社会的な経験ともいえます。

第三の経験が「神話的な経験」——超越的な経験であり、実証不能なものがほとんどです。

第四の経験が「人工的な経験」——物語を生み出す力の源です。

この分類は、私なりのやり方です。

個人のディテールズで得られるのは、このうち第一の経験である直接的な経験です。昨日、何を食べたらおいしかった、どこそこへ行ったら楽しかった、といった、その人自身の体験がそれです。今日までの自分の体験が蓄積され、明日を生きるための経験へと変わってゆきます。個人の体験が、将来に役立つ経験知になっていくのです。

言葉であらわせる形式知と、言語化はしていない暗黙知に分けられますが、まず暗黙知を得て、それを言葉や数字によって形式知にしたなら、他人と経験の共有ができていくことになります。そうして個人の体験を多く集め、経験知化したものが、第二の間接的な経験——社会を成り立たせているものです。

たとえば、誰かに「どこそこへ行ったら楽しかった」と言われて、自分も行ってみて楽しいかどうかを試してみるのは第一の経験ですが、誰もがそうしてすべての体験をしていくわけにはいかない。直接は確認していなくても、伝聞による経験として蓄積しています。

宇宙から見た地球は青い、といった常識的な知識もそうです。ガガーリンが有人宇宙飛行に成功した時点において、宇宙から地球を見る体験はガガーリン一人しかしていなかった。その後には宇宙飛行の成功例も増え、地球の写真や映像としてさまざまなものが見られるようになっていきました。だからといって、地球に生きている七十三億人のほとんどは実際に宇宙から地球を見た経験はないわけです。それにもかかわらず、実際に自分で経験したように宇宙から見た地球を思い浮かべられる。

また、世界の人口が七十三億人を超えたといっても、その一人ひとりに会うわけにはいかず、直接、その存在を確認はできない。それでも我々は七十三億という数字を知ることはできます。その他、偉人やスポーツ選手の伝記を読んだり体験談を聞くことで、自分では経験しようのないことを知り、何かしらのヒントを得るのも、同じようなものです。

これらは規模が大きな例ですが、もっと身近な部分にも間接的な経験はあります。たとえば多くの施設では男子トイレと女子トイレが分かれていて、男子であれば女子トイレの中がどうなっているかはわからないのが自然です。仕事として掃除をしたことがあるといったケースを除けば、普通は異性のトイレに入ることはありません。それでも、男子トイレと女子トイレが構造上どう違うかということは、さまざまな情報や経験からおよそ想像できている。そのように人間は、多くのところで間接的な経験を生かしてものごとを判断しているのです。

懐疑主義者とは、この第二の経験を疑ってかかる人たちのことだともいえます。「人類は本当は月に行ってないのではないか?」「あの企業が言っていることは本当なのか?」「この国の法律は正当なのか?」と、何かにつけて疑ってかかる。社会というものは第二の経験をもとに運営されていますが、それを簡単には受け入れない人たちのことをいうのです。

●「神話的経験」の時代

現代において人間が生きていくうえでは、第一の経験と第二の経験があれば事足ります。しかし、古代からの人類の活動を見ていけば、第三の経験である「神話的経験」が大きな意味をもっていたことがわかります。

たとえば古代に生きる人たちは、太陽が昇って沈んでいくことは知っていても、なぜ太陽が昇るのかという原理は知らなかった。それでも、太陽が昇ってくる現実を理解するため、さまざまな経験をこね合わせて、その意味づけをしていました。月の満ち欠けにしてもそうです。古代のある地域においては、形が違う九つの月があり、それらが順番に出てくるものと考えていました。あるいは、地面から草が生えてくるのは、神様が大地に命を与えてくれているからだと理解していた。

そんな時代においては、わからないことがあったときに自分で考えて答えを見つけようとする人間はほとんどいなかったはずです。リーダーとなる存在がすべてを仕切るか、シャーマニスティックな役割を担う存在が、大自然の摂理と人間が編み出した技術を結びつけるかのどちらかで、いずれも神話的な説明にもとづいています。多くの人たちは、何の疑問も感じずに彼らが示す神話的な経験に従い、生きていたのではないかと想像されます。

現代とは違い、第一と第三の経験だけがあり、第二の経験がほとんど共有されていなかった状態です。そんな時代が長く続いたあと、人間は文字や数字を発明し、教育を普及させることで、第二の経験を蓄積することに成功しました。過去の経験を引き継いで発展させるという考え方、すなわち学問やテクノロジーが生まれ、広まっていったのです。

この第二の経験である間接的な経験は、誰もが活用できるという特徴があります。その蓄積によって、多くの人間が、かつて神話的な経験を担った人々とは異なる知性をもつようになってゆきました。その結果、神話的な経験が影をひそめ、間接的な経験によって成り立つ、社会というものが築かれました。ですのでこの第二の経験は、神話的な経験に対し、社会的な経験と呼ぶべきものといえるでしょう。

そして現代では、巨大に築かれた社会に重きがおかれ、多くの場合、神話的な経験は、ただカレンダーに記される記念日といった程度のものとなっているのです。

ところで、この神話的経験から第二の経験をつくり上げていくまでの過程には、多くの試行錯誤があったはずです。その試行錯誤を可能にしたものこそ、第四の経験であると私は考えます。

人工的経験を生み出す人間の想像力、すなわち物語の力です。

●社会を変える「人工的経験」

人工的経験とは、現実には起きていないことがらをあたかも経験したかのように経験することをいいます。現代では、娯楽やコマーシャリズムに大いに活用されていますが、以前はそうではなかった。

「もし我々がこのように生きていくならどうなるのだろう？」

「先祖がこのように生きていたなら我々はどうなっていただろう？」

そうしたことを考えることは、すなわち社会をつくることと同義でした。かつて社会がまだ未成熟だった時代では、誰かがそうした想像力を働かせ、人工的経験をつくり上げることによって、社会全体が変化する可能性がきわめて高かったのです。

人工的経験の役割は、やがてそれだけではなくなり、多くの人間を共感させる道具になっていきました。バラバラの価値観を、ひとつの価値観に集約するという力を発揮する道具です。現代社会においては、その力はかなり制限されています。しかし、そうなる以前の過去には、人工的な経験が社会をがらりと変えた例はさまざまなところで見かけられます。

権力者の側から見てみると、どの時代においても体制を運営するのは限られた人間だけですので、その権力者たちが描く物語によって社会が激変したケースは少なからずありました。たとえば江戸時代に、犬公方《いぬくぼう》とあだ名された五代将軍綱吉《つなよし》が、ある日突然、「生類（生き物）を殺すな」と言い始めたことで、江戸の生活観は一変しました。このことにしても、「生類を大事にすることで良い世の中ができる」（この「生類」には、人間とみなされていなかった最下層の人々もふくまれていたといいます）という物語を綱吉が信じたことから始まったわけです。社会は本来、みんなが共有している第二の経験から構成されているのに、それとはまったく矛盾した第四の経験から、世の中をがらりと変える発令がなされた例だといえるでしょう。

民衆の側から見てみると、たとえばアメリカの南北戦争においては、「奴隷を解放すれば社会は豊かで正しくなり、みんなが幸せになれる」という物語がつくり上げられました。実際は、さまざまな文化的、経済的な事情があって戦争が起きていたのに、ある日、本質とは別のところで物語がつくられ、それがさまざまな価値観を集約することとなった。そして「奴隷は解放されるべきだ」という正義に大勢が共鳴していったのです。

フランス革命にしても、民衆を動かしたのは物語でした。ある日、「個人の財産はその人のものであり、たとえ国王であっても乱暴に没収することは許されない」という思いつきが生まれ、広まっていった。そんな発想はそれまでにはなかったものであり、第四の経験によって育《はぐく》まれたものでした。「毎日こつこつ働いて貯めたお金や蓄えた食糧が略奪されなければいいな」という〝架空の現実〟を、どうにか具現化できないかと考えた結果であるのです。

●社会を突然、変えるということ

現代においても、それまでにはなかったビジョンを描いて実行する人はいます。ただ、それが瞬く間に大多数の人間を動かし、社会全体を変えてしまう現象は起こりにくくなっています。急激な変化を起こす社会は不安定で滅びやすいので、ある程度、安定させておかなければならないからです。簡単に変化されては安心して生活できないので、社会的な経験として、急激な変化を緩めるための方法を培ってきたといえるでしょう。

たとえば鉄砲が日本に伝来したとき、日本人はすぐに自分たちでそれをつくれるようになりました。それによっていくさの概念は大きく変わり、勢力のバランスも変わっていった。そういう前例があったので、江戸幕府が開かれたあとには、強力な大砲や軍艦といった最先端の技術はなるべく普及させない制度がつくられています。

現代のようにＩＴ社会が発達して一気に世相が変わってくると、それに対するカウンター（対抗・拮抗《きっこう》するため）も働き始めます。子供に扱わせていいのだろうか、とか、インターネットの広がりとともに未知の犯罪も発生するのでグレーゾーンだった領域での法整備を早急に行なうべきだ、といった議論が起こります。私たちがいる社会では、すでにそういった、あまりに急速な変化をできるだけなだらかにしようとする知恵が蓄積されており、そのための社会的なシステムも整備されているのです。

ですので、いまの日本では、誰かが突然、何かを叫んだからといって、政府がすぐに転覆する、といったことは考えにくい。デモなどが起きることはあっても、誰かが私兵をかき集めて現政権を打倒するようなクーデターは起こしにくくなっている。もちろん世界には、いまなおそれができてしまう国や地域は残っていますが。

第四の人工的な経験によって、現実とは違う論理を発明し、それがすぐに大きな影響を及ぼすことができるのは、その社会が未成熟だからだといえるでしょう。社会が成熟すればするほど、複雑で堅牢《けんろう》なものとなって安定する代わりに、それまでとは異なる社会へとシフトすることが難しくなっていきます。ただ、そうした成熟した社会に生きている人々であっても、「ある日突然、社会を急激に変貌《へんぼう》させる物語が生み出されるかもしれない」という予感を心のどこかにもっています。だからこそ、学問や娯楽や日々の世間話などを通して、人工的な経験がこれほど多く、見境なく生産されているのだと思います。

●宗教的経験に関する考察

第二の社会的経験、第三の神話的経験、第四の人工的経験の関係を俯瞰《ふかん》するには、宗教的な経験の歴史を振り返るのがもっともわかりやすいでしょう。

ブッダやキリストやムハンマドが、瞑想《めいそう》や修行によって常人では推し量れないビジョンを描き、そのビジョンをみんなで共有していく。その段階ではどちらかというと、第三の神話的な経験として共有するケースが多く、それを信者たちはやがて第四の人工的な経験にしていきます。キリストの弟子たちによって福音書が書かれたり、ブッダの弟子たちがそれぞれ自分たちなりに教義を発展させたりします。その時点で本来の神話的な経験のビジョンからは離れていってしまうわけですが、代わりにそうすることで、より多くの人々を共感しやすくさせるための工夫が凝らされるわけです。

そしてそこで、さらに第二の経験に落とし込む人たちが現われます。

たとえばキリストの誕生日を十二月二十五日にするよう仕向けたのはローマの皇帝です。太陽神を礼拝するミトラス教の祝祭が十二月二十五日に行なわれていたので、政治的にそこに重ねて誕生日が設定されました。その土地旧来の信仰に、違うテキストを流し込んでいったのです。そうすることでローマ帝国は、キリストの教えの影響力を吸収してゆきました。その影響力を、社会にとって都合のいいかたちで限定していったわけです。キリストを崇拝するなら毎週この教会のミサに集うべきだというような規定をつくり上げ、そうしない人々と差別化していく。人工的な経験がつくり出す物語の力の効果を知る権力者たちが、国民をコントロールしやすくするために、特定の価値観に従うよう誘導するのです。

そうした古い時代では、人は実際のところ、第一の経験である直接的な経験（五感と時間感覚）を身につけることから始まって、第三（神話的な経験のビジョン）→第四（人工的な経験の物語）→第二の社会的な経験という順に進んでいくことになります。

ですが、いま我々が学んでいくのは第一→第二→第三→第四の経験という順になるので、便宜上こうした名前の付け方にしているというわけです。

さて、宗教はしばしば神秘と結びついています。神秘とは、人間が本来は到達できず、それは体験できない部分です。神や宇宙、霊やあの世などといった世界も語られますが、それは社会が生まれる前に、第三の経験でもって説明されていた領域です。本来、そうした神秘の体験（必ず太陽が昇るといった世界の不思議さや、その世界に自分が存在することの不思議さ）から、人間の経験は始まっているのですが、現代ではもっとも後回しの知恵として扱われています。

そのため、仮に総理大臣が所信表明で「自分には光が見える」と、いきなりスピリチュアルなことを話し始めたなら、きっと大勢が動揺することでしょう。いまは、たまたまそういう社会になっている。すなわち、大多数がそういう物語の中で生きているのです。

政教分離の考え方なども人間の知恵だといえますが、分離させようとしているだけであり、結局、他方を否定しているわけではありません。神秘主義のようなものは、どんな社会であっても、どこかで頼らざるを得ない部分が残っています。たとえば風水にしても、「科学が発達したこの現代において何の意味があるのか？」と疑問視する人々もいますが、同時に熱烈に信奉している人々もいます。第二の経験と第三の経験が、その人やその国なりのバランスで成り立っていて、どちらも大きな物語として、無視できないものであり続けているのです。

現代日本では、そのバランスの揺らぎというか、振り幅というか、自由度は、かなり大きいといえるでしょう。たとえば手をかざすことで肩凝りが治るというような、どちらかというと第三の経験に近いことまで、第二の経験（この社会でお金を払う価値があるものとみなすなど）にふくめるような人もいます。一方で、日本は極端なほどの識字率を誇り、徹底して第二の経験にもとづいた基礎教育を施しています。かと思えば、どんな宗教もひとまず受け入れ、誰がどんな教義を信じようとも、あまり気にしていない。隣に住んでいる人間が信じているのは多神教か、それとも一神教か、といったことを重要視することもない。こうした不思議なほど自由度の高いバランスが常識となっているのも、日本人の特質なのだといえます。

ただし、このバランスというのは、場合によって大きく狂うことがあり、ときには相手のバランスを意図的に崩すことで利益を得ようとする存在も出てきています。詐欺商法や霊感商法などがわかりやすい例です。意図して欺こうとする人々は、第四の経験を用いて、第二の経験と第三の経験、ひいては第一の経験を入れ替えたり混乱させたりするわけです。

とはいえ単にお金を騙《だま》し取る目的でそんなことをしているというのは、ある意味、平和な世の中だからこそだといえるでしょう。時代によっては、相手を殺して強奪したり、コミュニティそのものを滅ぼし、乗っ取るために、そういうことをしていたわけですから。

ともあれ経験全体のバランスを司《つかさど》っているのが、第四の経験です。矛盾する価値観を同時にもてるのも、人間が物語というものを発展させてきたからです。それゆえ、誰かがある物語をつくり上げて騙すことで、騙されたほうは悲嘆のあまり死んでしまうといったことも起こります。それくらい人間の精神にとって物語は重要になっているのです。むしろ、人間の精神にとって重要なものすべてを物語と称すべきではないだろうかとすら思います。

●「第四の経験」の影響力

さて、この第四の経験はどのようにして生まれたのでしょうか。

ものごとを理解する手法として、人間はまず因果関係というものを認識しました。これが起これば次には必ずあれが起こるとか、あれが起こったから現在こうなっているとかいった、ものごとの順序の認識です。

そして、それと並行するように数字というものも発明していきました。さらには、文字を発明して、文章、段落というものをつくり上げていきました。

文章化されて多くのことが明らかになり、子々孫々に伝えられ、文明が起こります。そこで、数の概念と段落の概念が組み合わさって別の技術が生まれました。それが「組み替え」です。複数の文章を並べて何番目と何番目を組み替えたとき、それによって違う意味が生まれることを知ったのです。

文章が人間に与えた影響は、情報を伝達できるようになったというだけではありません。情報を入れ替えて意味を変える作業によって、それまでとはまったく違う発想を生み出すことを可能にしました。「もしかしたなら自分も王様になれるのではないか」といったことを考える人間が出てきたのもそこからです。

ある情報を見て、誰々は何々をどうしたら成功したと知った――それなら、誰々を自分に置き換えることで、「自分も同じようにできるのではないか」と考えることができる。

あるいは、誰々は何々をどうしたら失敗した、という例があれば、情報を微妙に組み替えていくことで、「こうすれば成功できるのではないか」と応用して考える。

それが第四の経験を生み出すいちばんの手法です。そしてその手法が発明されて以来、ほぼすべての人類がその手法を共有し、いまなお複雑化させているのです。政治や外交はすべて第四の経験によるものです。偽装や詐欺なども、同じ手法によって行なわれているし、広告やコマーシャリズムもそこから生まれていきました。たとえば、ある人が何かの発明品を生み出すと、それを商品として流通させる人が現われる。さらには、このように使えば生活が豊かになるといった物語をつくり出して宣伝する人が出てくる。あるモノや考えが生まれて広まるとき、そこには必ず、それまでにはなかった架空の物語が存在し、その物語の力によってモノや考えが広まっていくのです。文字がもたらす伝達力というのは、時間的にはわりと後のほうで発揮されると考えるべきでしょう。現実には起きていないのに起きたかのように錯覚するという意味で、人は常にまずフィクションの物語を受け入れるかどうかを決め、それから、現実に存在するモノや考えを受け入れるかどうかを決めるのです。

たとえば、天然痘の予防接種が考案された際に、さまざまな議論が巻き起こりました。牛が感染する天然痘ウィルスをワクチンとして用いることについて、不潔だとか冒瀆《ぼうとく》だとか倫理的に間違っているといった物語がまずありました。そうした既存の物語を解体し、ワクチンを用いれば病気にかからずに済むという新たな物語をつくり、ときには法律で予防接種を義務づけるなどして反対意見を退け、ようやく予防接種が一般化されたのです。

この、「病気にかからずに済む」という物語は、まだ誰もそんな世界を経験したことがないという点ではフィクションと同じです。そしてこのフィクションこそ、じつは、社会を動かす力そのものなのです。

こういう、物語が社会を動かす力が強くなりすぎると危険だと考えられたからこそ、焚《ふん》書《しょ》が行なわれたようなケースもあるわけです。秦の始皇帝による焚書坑儒がよく知られていますが、それこそあらゆる権力者たちが同じことをしてきました。近代でも、ナチスやＧＨＱやソ連などが行なってきたことです。日本でも、程度の差はあれ、まったく同じことをしてきました。あるいは、特定の学問を禁じたり、大流行した娯楽を一斉に規制したり禁じたりしたのにしても、そこから新たな物語が生まれて、社会を動揺させたり混乱させたりする可能性があるとみなされたからです。もちろん、ただ弾圧するだけでなく、より正しく国民の安全を保障するためにも同じことが行なわれます。震災後、「ヨードうがい薬を飲めば放射線による甲状腺ガンの予防になる」といったデマ（物語）が広まったときも、官民両サイドから、そうしたデマを打ち消すための別の物語を広める努力がなされました。

●民主主義と反対者

社会が強固になれば、どんな物語をつくっても、それで社会が混乱することは考えにくくなります。そのため現代は、かつてそんな時代が――ある本を書いただけで追放されたり投獄されたりして、ときにはそのまま死亡してしまうようなことが――あったことさえ信じにくくなっている。しかし、国によっては、いまなお第四の経験に脅威を感じて、それを取り締まっている場合もあります。中国などでも「ネット検閲」のように、さまざまなところに目を光らせて警戒していますし、ノーベル平和賞を受賞した著作家である劉暁《リウシャオ》波《ボー》を投獄してしまったりします。こうしたことの是非はともかく、なぜそうせねばならないのかといえば、物語には、社会を変えてしまう力があるからなのです。

世界が注目しているなかで、文学者一人を服役させ続けるのも、国家的な危機を及ぼしかねない存在だとみなしているからです。そうなると、物語をつくること自体が命懸けになっていくので、物語をつくる側においても安全な社会が目指される。それがやがて、民主主義というものに落ち着いたのが現代だ、ともいえるでしょう。

民主主義の特徴は、賛否に分かれてのち、他方を抹殺しないことを約束した制度だといえます。たとえば一人の人間が物語をつくったとします。国民全員がそれに賛同したり政府が作者を弾圧したりするのではなく、その物語に共感する人としない人に分かれてバランスを取っていく。そういう民主主義的な常識が（物語が）発達し、普及してくれたおかげで、たとえばいまの日本では、物語を純粋な第四の経験、想像力として学んだり楽しんだりできるようになっているわけです。積極的に自分の人格形成のためにさまざまな物語を学ぼうとするとき、特定の思想があらかじめ否定されているわけではありません。

そういう自由が認められる社会が成り立っているのも、実をいうと、反対する人が必ず存在しているからだともいえます。「反対者」というストッパーが現われるからこそ安全だと考えられ、娯楽が自由になっている。そういうことを理解しておかないと、自分がいまふれている物語がどういうものであるのか――強制されたものか、自由の中でふれているのか――といったことも、わからなくなってしまいます。

●知恵のアーカイブ

時代と社会によって物語の扱われ方は違ってきます。

たとえば日本には多くの武将がいましたが、彼らのとった行動を考える際には、当然のことながら彼らがいた戦国時代は現代の社会とは違う、ということをまず理解しなければなりません。日常生活も常識も何もかも違う。たとえば織田《おだ》信長《のぶなが》が、浅井《あざい》久政《ひさまさ》・長政《ながまさ》父子と朝倉《あさくら》義景《よしかげ》の頭蓋骨を加工し、祝宴で披露したという話も、残虐非道の行いとは限りません。当時の常識に照らせば、討ち取った首を供養するための行いであったと考えられます。

こういうのが第一の経験から第四の経験までの厄介なところで、いったんできあがってしまった経験を変えていくのは非常に難しい、という特徴があります。一度学んで、そうだと思ったことがらを自分の心から引き剥《は》がすことも簡単にはできません。

歴史を学ぼうとするとき、そこから現代社会の解決策を求めようとする場合もありますが、純粋に歴史を学ぼうとするほど、現代とは関係ない部分ばかりが発見されていく。その世界の中でしか通用しない物語はたくさんあります。しかし、どんな物語であっても、いつか役立つことはあり得ます。現代では役に立たなくても、十年後、二十年後、どうなるかはわからない。そのとき我々は、まったく違う物語の中、まったく違う経験の中で生きているかもしれないからです。そうしたときにどんな時代のどんな経験が役に立つかはわからないので、基本的にはすべてを記録し、蓄積していこうとしているのが大多数の社会のあり方です。そうして知恵をアーカイブ化し続けてきたことが、人類を発展させたもっともシンプルな手段のひとつであったことは間違いありません。

ですので、どんな物語を考えるときも、大きな輪郭やテーマを把握するのと同時に、細かい部分を理解しようとしていかなければなりません。そうしなければ、本来の物語が見えてこなくなるからです。

たとえば『竹取物語』を考えるとするなら、「どうして竹なのか？」というところから振り返る必要があります。当時の竹といえば、たくさん自生していて、貧困層の人でも手に入れることができたものだと考えられます。そうであるなら、もしかすると竹取の翁《おきな》は、現代でいえば空き缶を拾って生計を立てている人に近い存在だったのだろうか、とも想像されます。つまり、この話を現代に置き換えるなら、ホームレスに近い身の上の人が空き缶を拾って稼ごうとしていたら、空き缶の中からものすごい財産を生み出してくれる女の子が出てきたといった話だとも受け取れる。また、なぜ女の子なのかといえば、当時の日本では土地や邸宅を女性が受け継ぐことが一般的だったという考え方もあるので、財産を象徴する存在として男の子よりも女の子のほうが物語としてふさわしかったのではないか、といったことが考えられます。

そういう想像力が働くかどうかで物語というものの受け取り方がまったく違ってくるわけです。竹取の翁がそこまで厳しい生活をしていたかどうかはさておき、過去の物語を理解しようとするときにはこのような組み替えを行なっていく試行錯誤が求められます。

そうすることで因果関係を未来に向かって構築することが可能になる。つまり、過去から現代へ、そして未来へと、物語を翻訳することが可能になるのです。それができないと、どんな知恵も（どんな物語も）、ある一点で時間が止まって、価値のないものとなってしまいます。温故知新というのは、そうした物語の再生を目論《もくろ》む行いだといえます。また、それこそ人間が発明した、文章の本質でもあるのです。

たとえば文章の書き方として、現在の一般的な様式とはまったく逆にしたらどうでしょう。もっとも新しい出来事を最初に書き記し、先に進むほど時間を遡《さかのぼ》っていくようにするのです。いまこの日から日記を始め、一時間ずつ、一日ずつ、時間を巻き戻していくような書き方です。もしそういう文章の書き方が一般的だったとしたら（人間の思考が現在から過去へと向かうものであったとしたら）、最初の時点で時間が止まってしまい、そこから先へは進めず変化がなくなります（昔の権力者はときおりそういう書き方で歴史を綴《つづ》らせています。そうすることで変化を禁じることができるからです）。

そういう様式は選ばず、人は文章を用いるとき、常に未来に向かっていくことを普遍的なあり方としています。人間は基本的に現在から数日、数か月、あるいは数年といった先の未来に向かって思考していて、それが「偶然と必然」という考え方を生み出し、ありとあらゆる人間の「生き方」のベースとなっていったのです。

人間に物語の力をもたらす第四の人工的な経験は、文章と密接な関係があります。そして文章を用いる限り、常に未来に向かってベクトルを放っているのです。

第2章　偶然と必然のある社会

●人間は未来に何を求めているのか？

人間は常に未来に向かってベクトルを放っているということを考えれば、偶然と必然というキーワードにたどり着く。そこに重なってくるのが幸福感、人生観の問題です。

人間は、確実に起こるものごとに従い続けるとダメになっていく面があります。

たとえば刑務所で囚人をいじめる方法として、穴を掘って埋めさせて、また掘らせる、というやり方があったと聞きます。土を掘れば穴ができる、その穴に土を入れればふさがれる、というのは因果関係として非常にわかりやすいことです。その作業を延々繰り返すとすれば、肉体的には耐えられたとしても、精神的苦痛には耐えられない。なぜかといえば、すべてが必然になってしまっているからです。

何も動かない、動かせない。自分は何も変わらない。穴を掘り始めた瞬間に時間が止まってしまっているようなものです。人間はそんな時間が停止した状態を非常に苦痛に感じるようにできている。その裏を返したところに幸福感や人生観を見つけられます。

ルーティンワークのように毎日、同じ時間に同じ行為を繰り返していくのでは、第二の経験がつくり上げた目盛りに延々と従っていることになります。自分固有のものであるはずの第一の経験が消えてしまい、第三の経験、第四の経験も必要とされなくなります。そうして第二の経験だけになっていく状態になり、社会の規定に当てはめられているだけの状態になることを人間は非常に嫌がります。なぜかといえば、人間は未来に向かってベクトルを開いて未来を志向しているからです。それが崩れて未知のものがなくなると、「そんな単調な日々は嫌だ」「幸せじゃない」「つらい」となっていく。おそらく人間は、最初からそういう性質をもっているのです。

それでは人間は、未来に何を求めているのでしょうか？

カオスな状態に戻りたいのでしょうか？

何が起こるのかわからず、何がどういう意味をもっているのかすらわからないような場所に自分を投げ込みたいのか、といえば、そうではないはずです。未知なるところに自分自身を投げ込んだなら、それを意味づけして必然化する。そこからまた次の偶然に飛び込んでいく。わかりやすい例を挙げれば、何かのビジネスで成功したような人たちは、それが偶然得られた成果だったとしても必然化してしまいます。そうすると、その成果は感覚として過去のものとなり、魅力がなくなる。それで次の魅力ある成果を求めて、まったく違った分野で勝負をしようとしていきます。有名人でいえば、ホリエモンこと堀江《ほりえ》貴文《たかふみ》さんなどはいい例です。ビジネスの世界の成功者にはそうしたタイプはたくさんいます。

ギャンブルにのめり込む人たちもそれに似ています。長く競馬を続けて経験知を積み上げてきたなかで、あるとき大きく儲《もう》けられたとします。そうであれば、それを貯金するなり、そのお金の一部を使いながら長く競馬を楽しんでいればいいとも思われますが、そうはしない。そのお金をすべてつぎ込もうとするばかりか、競馬とはまた違ったギャンブルを始めてしまう。それがカジノになる場合もあれば宝くじなどになる場合もあります。

その動機がどこにあるかは、さまざまな言葉で説明できます。もっともシンプルにいえば、「偶然が欲しい」ということです。どうなるかわからないところで自分が望む成果を得たい。それに近い成果、それ以上の成果を得られるようにしたい。そのため新たな必然を自分の中でつくり出していき、第一の経験から第四の経験において新たな可能性を提示できるようにしたいと考えます。

どうやら人間は元来、そういう衝動をもっているようです。おとなしくしていればいいにもかかわらず、第一から第四の経験をなるべく豊かにするために動いているし、動かされている。なぜそうしているのか、そうさせられているのかといえば、それもまた第一から第四の経験としてその人が学んだことすべてに起因しているのだと考えられます。そうすることが豊かだから、幸せだから、ありがたいから、という感覚があるため、常に自分を未知なる世界へと投げ込んでいこうとするのです。そういう特性があるからこそ、他の動物とは違い、人間は「いまこうしてここにある」といえるのかもしれない。少なくとも、いまのところ私はそんな図式を描いています。

●「報酬」という発明

我々は、進化という概念、あるいは環境への適応、時代の変遷といった言葉がもつイメージにずいぶん支配されています。

「現代」という単語に寄りかかり、自分たちを特殊な存在とみなしている面がありますが、すべての時代においてそこで生きた人たちにとってはその時代が現代だったわけです。それにもかかわらず、私たちはいま、過去と未来を同時に広く俯瞰《ふかん》できる特殊な時代にいると感じている。しかし実際は、たとえばヨーロッパのルネサンス期とくらべて、あまり豊かさは変わっていないといえるかもしれない。そういうことに関しても、第四の経験を工夫することで、さまざまな視点を得ることができます。

自分が常々思っていることがらを意図的にずらしてみることなどで、それまで当たり前のように考えていたことががらがらりと崩れる場合があります。そういう意味では、私もまた懐疑主義なのだといえそうです。ひとつのものごとに執着しすぎるよりは、常に比較検討していたいタイプです。

完全に必然性に支配された生活のなかで充実感を錯覚させる手段もたくさんあります。第二の経験を司ってきた支配者や政治家は、そういうことをよく理解しています。

たとえばピラミッドを建設させようとすると、石を積み上げていく単純作業になってしまう。それでは、作業をする人間はきつくてつらいだけなので、人員を集めるためにまずお金を払います。そのうえで、そのお金を使えるように居酒屋みたいなものをピラミッドの建設現場の周辺に設置していきました。石を積んだ後の一杯のビールが美味《うま》い。だから明日も働く。ルーティンワークの苦痛を和らげるための工夫だといえます。

単純作業に飽きさせない方法は他にもありますが、とくにルーティンワークに耐えさせるために発明されたのが「報酬」です。報酬が動機づけになり、人と社会を動かすのです。

報酬は、偶然と必然というものを補強するための道具だともいえます。これだけ働けばこれだけの報酬を得られるという保証（必然）のもと、個人の時間を第二の経験である社会の目盛りに捧《ささ》げさせるのです。刑務所で穴を掘って埋めるという作業をひたすら繰り返させる場合にしても、穴をひとつ掘って埋めるたびに刑期が短くなるということであれば違ってきます。受刑者たちは積極的にそれをやるようになるはずです。当事者にとっては価値がなく、他人に奉仕するようなことでも、そこに価値があるのだと錯覚させることが、政治家や経営者など、第二の経験に支配された社会におけるリーダーの役目といえます。

●「動じない物語」のストレス

直接的な経験は五感的経験、間接的な経験は社会的経験とも言い換えられます。五感は日常的に錯覚を起こしていますが、動物の本能として意図的にそうしているという見方もできます。社会的経験にしても、現在の自分の状態に何かしら不満を抱くようなとき、意識的に認識の齟齬《そご》をきたしていく部分があります。

たとえば日本人の生活は世界的な水準からすればかなり高いのに、日本の一億人のなかにはもっといい暮らしがあると無意識に考える。そのときには世界の七十三億人がどうかということは頭にありません。一億人のなか、さらにいえば、同じ町に住む数万人ぐらいの規模でしか比較しないようにしています。

そうした錯覚の中で生きていくようになりながら、それを錯覚とはとらずに自分の人生として価値づける。そのようにしているところで震災などが起きれば、その価値づけが一気に崩壊するので、また社会的な経験を積み直さなければならなくなります。経験は価値観に深く関わっているので、代えがたいものだと考えがちですが、本来は道具に過ぎず、面倒ではありますが、幾らでも積み直していけるものなのです。

人間は常に無意識のうちに文脈の入れ替えをしています。そうすることによって第四の経験である人工的な経験を、自分でどんどん積み重ねているわけです。そんな架空の経験が、第二の経験として蓄積されていくと、ちょっとやそっとでは物語が壊せなくなる。それにはいい面と悪い面の双方があります。いい面というのは、大多数の目の前にいる人間が同じように動いているので、自分がやっていることにいちいち思い煩わず安心していられることです。しかし、そんな平和な状態に不満を抱く人間は必ず出てきます。そういう人間からすれば、動じない物語はそれ自体がストレスになっていく。

どちらが重要なのかというより、自分はいま、どちらに属しているかを考えることが大事なのです。

●物語をリセットする神話的な経験

どういう物語を体現していくのが幸福なのかを教えてくれるのが神話的な経験です。積み重なった物語をリセットすることによって、物語化される前の自分自身に戻る。そこからまた、いまの自分に最適な物語を構築し直すわけです。神話的な経験がこの現代にいつまでも残されている理由はそういうところにあるのだろうと私は考えています。複雑に絡み合ってしまった物語を解きほぐす機能を担っているということです。

神話的経験は、人智を超えた経験だともいえます。身近なところでいえば、都心から離れて山に行くといったこともそうです。山は誰かに建設されたものではなく、本質的には人間とまったく関係のないものだからです。

宇宙や砂漠に行った人が、社会とはまったく無関係の広大な空間にふれ、それまで自分が培ってきた物語がかけらも見当たらないといった経験をすることがあります。それで地球や故郷に戻ってきたとき、従来の生活を営めなくなる人もいます。最先端の科学を身につけて宇宙に行った人が、そののち大自然に囲まれたログハウス暮らしをするようになるケースもあります。それまでの自分が完全にリセットされたわけです。

かと思えば、戦場や災害の現場に行き、多くの悲劇を背負って帰ってきたあと、病気になったりアルコール依存症になったりする人もいます。経験をもとに生きていくのが人間ですので、ときに劇的な経験を受け止めきれなくなると、たちまち心身に支障をきたしてしまいます。

物語を書いているなかでもそれに近い気分になることがあります。登場人物の誰かに感情移入して、死ぬほどつらくなることがある。そんなときにも俯瞰できる目をもっておき、自分がいま物語としてどこに共感しているかが把握できていれば、気持ちをコントロールできるようになります。そうすると、より深く感情移入できるようになってきて、それまで書けなかった人物も書けるようになってくる。これは、実際に存在する人とコミュニケーションをとるのとまったく変わりません。自分の気持ちをコントロールすることができない人ほど、他人と上手に接することができません。

人間は時間感覚で経験を構成しているので、時間が経つと変わるところがあります。いわゆる、「時間が解決する」という体験です。しばらくすれば平気になる。それがわかっているにもかかわらず、人間にはいまの瞬間の感覚を絶対視する習性もあるので、意図的にバランスを取って、そうではないと言い聞かせる必要があります。

そうした工夫ができるようになると人の精神は安定してくる。私の場合、すべての悲劇に共感しながら物語を書いていたときにはものすごいストレスに苛《さいな》まれていましたが、悲劇を学びきった後の自分を想定することでバランスを取ることができるようになりました。人間の第一の経験（五感と時間感覚）は、本来、そういった「段落づくり」によってもコントロールすることができる、きわめて柔軟なものなのです。そしてその「段落づくり」の根源、すなわちすべてのゼロ地点を司るものが、神話的な経験だといえます。

●第三の経験がもたらしてくれるもの

第三の神話的な経験は、そもそも通過しない人もいるし、通過したことをわかっていない人もいるのだと思われます。

文明が起こる前の人間は、生まれつき身についている五感がすべてで、時間感覚はいまよりもっと希薄で、本能的に集団化するだけで絆《きずな》やしがらみなどとは無縁だったはずです。そこで人間は、脳というものをどのように活用してきたのでしょうか。

さまざまなビジョンを見たり、さまざまなことを経験したりすることで、それまでの経験の入れ替えを行ない、経験知以上の可能性を認識してきたのだと想像されます。まだ文章というものが発明されていない時代では、文章をつくってシャッフルするのと同じように、五感全体の感覚や記憶をシャッフリングしてきたわけです。そんなことができる才能をもった人は限られていたはずですが、そこで浮かび上がったビジョンを共有できるようにするくらいの何らかの伝達手段があったのだと想像されます。

絵を描く才能がある人だったなら、絵を描いたのかもしれません。ネイティブアメリカンの場合は唐辛子の煙の中でビジョンを見ようとしていたのだといいます。日本人にしても、森と自分たちの関係をとらえようとして、そこに神様の存在を見出《みいだ》しました。アイヌの人たちは動物を神格化しています。何かを神格化するのは擬人化にも近く、熊や狼などをなんとか理解できる存在にしようとしたわけです。

そんな行為を始めた頃の人間の精神に回帰すると、表層の部分が剝《は》げ落ちていき、そもそも自分はこうした存在なのだという実感が得られます。それは第二の経験である社会的経験が培ってきたものよりはるかに膨大な情報量です。第一の経験をもたらしてくれる五感と密接につながっているので、自分自身の絶対的な感覚が得られます。平穏であったり、何かをやってやろうという意欲であったり、コミュニティに対する底なしの愛情であったりと、発見されるものはそれぞれです。何に対して自分がもっとも幸福を感じるかということも、そこで教えられます。

神話学者のジョーゼフ・キャンベルは、神話というものは個人の至福を教えてくれるものだと説いています。個人が至福を追求しようとしたときに何にぶち当たるかも神話が教えてくれるということです。たとえばドラゴンと戦わなければいけなくなった英雄の物語であれば、個人の倫理観や誠実さと、それらに相対する価値観との激突が示されています。それと同時に、衝動に従って行動していて障害にぶつかりながらも自分の力で解決できたとき、その人がもっていた何かが強化されることを示唆しています。

●第一の経験の刷新

過去に偉大な神秘的経験をしてきた人たちは、直接的に第二の経験である社会に影響を与え、いまとはまったく違うさまざまなコミュニティをつくり上げてきました。

いまは第二の経験知も高くなっているので、ちょっとした神秘的経験をした人間が現われても驚かず、「そんな例は以前にもあった」と吸収できます。そのためこの社会はずいぶん安定していますが、それでもやはり神秘的なことを言う人に振り回されてしまうこともあるのは確かです。ただ、いまでも神秘的経験をしたような人間は、社会に対して何かしらの示唆を与えてくれる場合も多いので、社会は彼らを許容しているのではないかと思います。

スピリチュアルな本などにしても、第三の経験に特化した話ではなく、第二の経験や第四の経験を組み替えただけのようなことが書かれている場合が多いものです。そうしたものは、社会に対抗しようとするのではなく、迎合しようとしているだけになっているのがかつてと大きく異なります。どの国であっても、昔の神秘主義者たちは、いつ民衆や支配者に殺されるかわからず、みんな命懸けでした。

ユングたちがいうシンクロニシティ（共時性）では、人間が何かを解決しようとすると、その環境もまた人間のために動き始めているということが示されています。現実にシンクロニシティが起こっているのかどうかは問題ではなく、自分や社会に合わせて世界中の何もかもが秩序立っていくように感じられる瞬間をとらえているのだといえます。それは精神が最大限に発揮されている証拠でもあります。すべての自然や偶然を必然ととらえて、自分が生きている実感、至福を感じられる。人間の精神の素晴らしい発露といえます。とくにそれが危機的状況であったり苦難であったりしたときに大きな意味をもちます。

たとえばアンネ・フランクは、収容所に連れていかれながらも人類に対する信頼を深く実感しました。「アメイジング・グレイス」を作詞したジョン・ニュートンは、もともと奴隷貿易をしていましたが、奴隷を積んだ船が難破しながら助かったときに人生観が一変して、のちに牧師になっています。

神の意思や運命のようなものを感じた瞬間に、自分の中のもっとも本質的なあり方を見出す。あるいは、それまで自分が見失っていた心を取り戻す。そういう実感を経て、その物語が自分の中で強固に構築される。その手助けをするのが第三の経験や第四の経験です。同時にそれは第一の経験を刷新する契機ともなります。

自分の五感をまったく新しく磨き直すと、それまで見ていた景色が違うものに見えてくる。同じ日常のはずなのに、まるで違って感じられる。そのエネルギーを、人間は誰もが欲しています。そのエネルギーを得ること自体が生きる意味やモチベーションになることもあるし、そのことが報酬にもなります。自分が生きていること自体が幸福となり、報酬と報酬にまつわる因果関係すべてが一体化するわけです。第一の経験の本来あるべき姿を取り戻す、再生の行為といっていいのかもしれません。赤ん坊として生まれてくることは生命として原始の経験ですが、それにも通じる新鮮さを得られるようにもなるのです。

●報酬という代替品

第二の経験で成り立つ社会に生きている限り、じつは新鮮さというものはそれほどありません。むしろ新鮮さを排除していくことが社会の秩序の役割でもあります。社会が毎日、新鮮な状態に戻り、未知のルールが次々に生まれては、誰もそれに従えないからです。

そのため、新鮮さというものは、個人個人がどうにかしてつくりださなければならないものになっています。植物が光合成をしてエネルギーを生み出すように、個人個人が常に新鮮さを得るようにしていかなければ、機械的に動く信号機のように社会的経験の中に呑《の》み込まれてしまいます。

社会にいること自体は幸福でも何でもありません。社会が幸福や安全を感じる機会を保障してくれることはあっても、個人の幸福や安全は本人が感じないといけないものだからです。社会はそれを感じるための環境を整えてくれますが、感じられるかは自分次第です。

テレビや映画を見ていて幸せな気がしたり、レジャーに出かけて素敵な経験ができたとしても、その人が自力で獲得する幸福とは異なる場合が多いでしょう。そこに社会の限界があります。そうであるにもかかわらず、社会を発達させていくためには第二の経験に自分を捧げなければならない。個人の経験を追求したいにもかかわらず、社会や他者のため、違う要求に応じて働かなければならなくなります。それがルーティンワークであったり重労働であれば誰でも拒絶したいものですが、それを続けさせるのが報酬です。

労働の対価として報酬があり、その使い道を社会が用意します。ひと昔前の日本でいえば、マイホームには夢があるといって巨大な投資先を与え、ローンを組ませてしまう。そうなるともう報酬を得ていなければ成り立たなくなる状態になる。そのような国家的な施策はさまざまなかたちで繰り返されてきました。

社会的な報酬を得ることで幸福や安心を得ているとしても、それは錯覚であり、本当に獲得したいものの代替品に過ぎないのです。報酬は、社会が用意した物語であり、その人の幸せの代替品です。報酬が報酬として成り立つのは、その代替品に効果があるうちだけです。個人の幸福は常に新鮮に保たれなければならず、精神の成長とともに更新されるので、いつ効果が切れるかわかりません。社会が用意した物語の効果が切れると、そこで人々は工夫を凝らし、自分自身の物語づくりを始めねばならなくなります。

●社会の変動と利害関係

人間は本来、社会がどうなろうと、自分の周りの人間がどうなろうと微動だにしない幸福というものを一人ひとりがもっているはずです。環境がどうであろうと、その環境がすべて必然で秩序立っていて、自分と一体化しているという感覚を得ることで幸福感も獲得できる。周りに左右はされないし、何が起ころうとも変わらない。

社会生活を送りながら、その境地に達する人もいます。たとえば何度クビになっても同じことをやれるスティーブ・ジョブズのような人たちです。その一方で、第二の経験に比重を偏らせていると、ちょっと給料がカットされたといったことだけでも家庭内不和が起きたりします。第二の経験知が大きくなってきたからこその現象です。社会が用意する物語に依存しすぎると、ちょっとしたことで自分が社会の目盛りからはじき出されてしまったと感じ、大きな精神的打撃を受けてしまうのです。

ＩＴ社会となったことで、「新しい時代になり、自分はついていけなくなった」という意識が強くなりすぎている人もいます。常にその発達に注目していなければ生活ができなくなるのではないかという不安を抱いているわけですが、これは本末転倒の考え方です。そんなに怯《おび》えていなくても生きていけるよう設計すべきなのが、社会なのです。なぜかといえば、現代社会の大前提にあるのが、安全の保障だからです。

ＩＴの発展に限らず、常に政治や経済の動向に気を配り続けていなければならない社会などは、本来、危なっかしくて住んでいられません。ある日突然、虐殺者がトップになるかもしれないような政治体制になってしまったら、そんな社会には住む価値がなくなる。

政治とは、そうはならないようにするための退屈な目盛りの操作だともいえます。

にもかかわらず、社会が変化をしていくと、ある年齢の人たちは歓迎して、ある年齢の人たちは「やめてほしい」と悲鳴をあげる。そしてまた、別のコミュニティをつくって、そこを守ろうとする人も現われます。社会の弱点は、複数の層によるコミュニティの集合体であるということです。その利害関係は常に複雑化してゆきます。国家などは利害関係の調整のために大半のエネルギーを費やしてしまっています。なぜ、そんな利害関係が生まれるのかといえば、人間にはもともと固有の時間感覚があり、そのため経験の価値づけがそれぞれ異なるからです。生まれたときからインターネットが存在している世代と、七十代になって初めて目にした人とでは、モノの価値自体が異なってきます。そうなると、それらをつなぎ合わせるため、社会もまた定期的にある程度の変動を余儀なくされます。

現代では、第四の経験である物語づくりもまた、社会に振り回される人々の精神の作用に主眼が置かれています。

社会の目盛りに右往左往する人間の心理を補強することもあれば、助長することもあります。世の中の物語の大半が、いつのまにか第二の経験と第四の経験のあいだを往復しているだけのものになっているのです。かといって、第一の経験と第三の経験が縮小してきたわけではなく、第二の経験と第四の経験が日々膨らんでいるのだといえるでしょう。

人生と戦おうとする場合、多くは第二の経験と戦っています。ですがそれは目盛りと戦うようなものなので、社会体制の改善に一生を捧げるのでもない限り、あまり意味はありません。多くの場合、第二の経験と戦っている時点で、すでに負けているようなものなのです。一度そこから離れて、自分の中で物語を再構築していく必要があるのです。

一方で、目盛りの中でしか行動できなくなったり思考できなくなったりするのではいけない、というカウンターによって第四の経験からいろんな娯楽が降ってきますが、その娯楽も数が増え、複雑さを増し、素直に万人に届くものではなくなってきています。江戸時代の講談の心中ものなどは、民衆から絶大な人気を得ましたが、現代では誰もが手放しで歓迎するような娯楽はなくなってきました。それだけ物語が多様化しているのです。インターネットの発達によって全世界規模で社会が急激に進歩しているので、ある日突然、娯楽がいっさい通じない世界になったりしないよう、いまのうちからいろんなバリエーションを生み出そうとしているのではないか、という見方もできます。

●第二の経験の存在意義

どういう経験をして、そこからどういう影響を受けるかは個人次第です。主体である自分がどんな影響を受けたいかと前もって決めておき、影響を受ける部分もあれば、まったく意図していないところでアクシデントのように影響を受ける場合もあります。その配分にも個人差があります。

それでも最終的には、人間は自分の経験知を第二の経験に捧げていくことになるので、どんな経験も無にはならないという安心感があります。そうであることが第二の経験の――社会という巨大な受け皿の――最大の存在意義になっているといえるでしょう。

ありとあらゆる人間の経験知を集積し、常識的だとか非常識だとか、そういう物語を構築していく。それは第四の経験のように個人がひらめきに任せてつくったものではなく、無数の経験から培われてきたものなので、精度が高いものとなります。それ自体には価値はなくても、精度の高い目盛りを提供することができるのが第二の社会的経験なのです。

たとえば、百メートルを十一秒でしか走れない人間がオリンピックで勝つのは至難の業であるばかりか、そもそも代表になれないという目盛りを与えてくれます。それでも頑張る人もいれば、そこで夢を打ち砕かれる人もいる。

夢というものは基本的に第四の経験からくる個人的な物語なので、その物語が第二の経験の目盛りにフィットするかはわからない。現実的にいえば、多くの場合はフィットしないものです。フィットしないからこそ人間はいろんな夢を抱くのだとも思われます。そういうところでもバランスは働いています。第二の経験が構築されて、誰もが完全にそれに従った生活を始めると、それ以上の経験の蓄積はできなくなります。そうさせないためのカウンターを働かせ、社会を常に新しくしておくために、ある程度はおかしなことをしてしまう人間が現われやすいようにできているのかもしれません。

決して叶《かな》わないような夢物語に束縛されてしまっている人も、叶わないからこそ惹《ひ》かれる何かがあるというメッセージを社会に発する役割を担っているといえます。

蓄積された経験知の中で不自由なく暮らすのがいいのであれば、SF作品の『1984』のような管理社会のほうが幸せなはずです。そうであれば、いっさいの余計なことはしなくて済みます。しかし人間がそこにストレスを感じるのは、常に社会を流動させたい本能のようなものがあるからなのだとも考えられます。

●イノベーションと第二の経験

第二の経験で構成されているルールに居心地が悪いと思う人がイノベーションを起こす

パターンもありますが、それが誤ったイノベーションになってしまうこともあります。

その場合、社会がどれだけの経験知を培っていて、その自浄作用をどれだけ働かせられるかが問われます。いまの日本でいうなら、思想家や教育者、経営者や公務員などがどれだけ誠実であるかにも関わってきます。

逆に、第二の経験をもとに行動している人間が変化を望まないのであれば、何をやってもイノベーションにはなりません。いったんつくられた常識にこだわる人間が多くなりすぎた場合には、どんなイノベーターもはじいていって固定化します。田舎の村おこしなどでもそういうことは起こりやすい。新しい観光の手法を導入しようとしても地元の住民はなかなかついていかない。自分たちの平和な暮らしが乱されるくらいなら村おこしなんかはしなくていいという結論になってしまいます。

ジョブズのような強烈なインパクトをもつイノベーターは、とくにはじき出されやすいものです。不遇な創始者は少なくありません。自分が頭に描いた第四の経験が、第一から第三の経験すべてに匹敵するものだと考え、常にトライ&エラーを続けるからです。ジョブズは世界中のほとんどの人がコンピューターにふれたこともなかった頃から、インターネット社会が来ることを想像していました。それをみんなが受け入れられるのかといえば、そうではありませんでした。ジョブズの言葉を確信するためには、いまある現実を見ている自分の五感すべてを否定しなければならないので、さすがに難しかったはずです。

どこにもないものをあるかのように考えて突き進む。それが行きすぎれば病気になりますが、そういうカウンターをもって現実に立ち向かう人間は、いつの時代にも現われます。のちに天才と呼ばれるか、異端と呼ばれるかは、ときの運としかいいようがありません。

●過渡期にある現在

変動やカウンターがあることは人間の生活様式なのだと考えておけば、何かがあるたびに動揺せずに済みます。ただそこで、第二の経験の根底をなす社会構造自体が破壊され、跡形もなくなるような状態にまで暴走しないよう注意しなければなりません。そこで保守が生まれたのは人間の本能であり知恵だったのだと思います。

かつて文化と文化が接触する機会は戦争にほぼ限られていました。そのなかで船、羅針盤、銃、火薬といったものからコーヒーやお風呂《ふろ》といったものまでが伝播《でんぱ》していった。いまは戦争などはなくても、すさまじいまでのエネルギーや情報が世界中を駆け巡るようになっています。そうであれば、戦争なんてないほうがいいに決まっています。まだまだ一部の先進諸国に限られたことではありますが、世界はそのように向かいだしています。

世界には、第二の経験知を蓄積していくための器もできてきました。国連などもそうだし、外交もそこで機能します。それぞれの国家が第二の経験知を蓄積しているだけでは戦争はしなくていいという共通了解は得られない。国家をつなぐ器ができていったことで、戦争状態よりははるかに大きなエネルギーの循環が生まれ、大変な経済活動が行なわれるようになりました。いまでは一日の物資の輸送に用いられるエネルギーは、第二次世界大戦時に用いられたすべてのエネルギーに匹敵するともいわれています。

それほどのエネルギー活動を手に入れられたからこそ、それを暴走させないようにすることが課題になりました。その結果、いまのところは、これまでにないほど生活は保障されるようになっています。そうなってきたのは、日本や先進諸国といった一部の国に過ぎないとはいえ、それによって今度は、第一の経験と第三の経験がどんどん遠ざかっていくことにもなったのです。究極的には第三の経験がなくなり、これまでとはまったく違った第三の経験が必要になってくるのかもしれません。人類社会が発達していき地球を覆ってしまえば、自然もなくなってしまうのだから、それも当然です。将来、いつでも富士山がつくれたり、自由に噴火させたり止めたりするような技術が手に入ったとしたなら、それこそ人工物と自然の差はなくなります。その先はＳＦの話になりますが、そうしたことに関しては、いろんな娯楽作品や思想家たちの発言は似たものが多くなってきています。つまり、神話が本当の意味で死に、新たな神話が生まれるのだということです。

我々はいま、ある種の過渡期にあるのでしょう。第一の経験から受ける感覚が希薄になり、第三の経験がどんどんなくなり、第二の社会的経験が爆発的に膨れあがっているため、個人の幸福がどこにあるのかわかりにくくなっていく。そんな中にあって、古代の人たちにとっての神秘体験に代わるものは現われるのかどうか。将来的にはそれを効率良く獲得できる特効薬が開発され、自動販売機で悩みが解消される時代がくるかもしれません。しかし、それはまだ先の話です。そうしたものがないからこそ、個人個人が山に行ったり海に行ったりパワースポットに行ったりと、自分にできることを探しています。

パワースポットも、ひとつの物語です。あの場所はパワースポットだと言う人が何百万人もいれば、そこはパワースポットになる。そして、自分はそこに行ったと他者に伝え、その事実を周りから認められればパワースポットから力をもらったという実感を得られる。いずれにしても第二の社会的な経験にとっては無意味なことです。私たちは、こうして第二の社会的な経験と、それ以外の経験の、ダブルスタンダードの中で生きているのです。

このダブルスタンダードは、人間の生活様式においてはもしかすると理想なのかもしれません。何百年経っても何千年経っても、どちらかに偏らないようにすることが重要なのでしょう。偏ってしまった人間が危険信号を発するようなこともあれば、突然わけのわからない物語をつくり上げて、それを社会の目盛りにぶつけていくイノベーターみたいな人が現われるかもしれない。そうなると今度は容易に社会が揺らがないよう工夫する人たちも現われる。この両者が上手に共存しているのが、いま私たちが住んでいる社会なのです。

社会化されるということは、プライバシーが削り取られるということです。有名な政治家や芸能人などは常に自分の行動が公衆に伝わってしまいます。そういう立場の人間がどのような幸せを構築するかによって、万人の生活が変わっていくこともあり得ます。ＩＴの発達によってプライバシーがどんどん消えていきました。それは人間が社会化されていく速度そのものだといえます。

位置がわかる、行動がわかる、どんな発言をしたかがわかる、というように行動が逐一追跡される。「追跡社会にすべきではない」という声もあがりかけましたが、そんな声は瞬く間に消えてしまった。いまはグーグルマップなどを使えば、そこに示される道順によってどこにでも行けるようになっています。かと思えば、意識的にそんなサービスを使わないようにしている人たちもいます。これからさらにこうしたサービスが発達していき、依存度が高まれば、そうしたサービスがなくなった途端、どこにも行けなくなってしまうからです。急激に発達する社会的な経験に対し、個人としての防衛本能が働いているといえるでしょう。

サービスがあまりに複雑化していくと、経験のない高齢者などはついていけなくなり、社会からはじき出されたような感覚を味わうことにもなってしまいます。そうなると、彼らを助けるためにまた新たなサービスが生み出されていくことになる。

そうして加速していく社会が生み出す物語との付き合い方を知るためにも、第一の経験から第四の経験までのありかをきちんと自覚して、いたずらに振り回されないようにすることが重要になるのです。

第3章　偶然を生きるための攻略法

●サイコロを投げる意味

経験はカオスであり、偶然が重なり合って成り立っています。

だから人間は、カオスから逃れるため、少しでも多くの未来を予見しようと欲します。

けれども、もし未来に起こることのすべてがわかってしまえば、生きる活力さえ失ってしまいかねない。人間はそういう矛盾した性質をもっています。

英語のｂｅ動詞の語源は、サイコロを投げる、というところにあったといわれます。

次にどんな目が出るかはわからず、どの目が出るかによって自分自身が裁定される。それが「私は〜である／私は〜になる」ということです。カエサルがローマに進軍するときに「賽《さい》は投げられた」と言ったとされます。始めた以上、後戻りはできない、その先はどう転ぶかわからない、という意味で使われています。決定の根本には偶然があり、人間の行動は偶然の中にある、ということを認識したうえでの言葉です。

大自然で何が起きるかを考えるとするなら、すべてが偶然に左右されるので、どうなるかはまるでわからない。サイコロの六面のうちのどの目が出るか、コインの裏表はどちらが出るかもやはりわからない。亀の甲羅を焼いたときに何本の亀裂ができて、どのように走っていくかもそうです。古代社会では、神託こそ、すなわち文明でした。

そんな偶然性の中に人間は原始的な物語を見出《みいだ》しました。バイキングのあいだで、どちらが主人になりどちらが奴隷になるかをサイコロで決める場合があったということにしても、戦いを生業にしていて自分の命を投げ出す行為に積極的な人たちのあいだで行なわれていたのだろうと想像されます。そういう人間は、サイコロ博打《ばくち》の結果によって、身ぐるみを剝《は》がされようが奴隷にされようが文句を言わなかった。死生観そのものが、戦場という偶然の場を基準にしていたからであろうと思われます。

そうした偶然に対して人間は比較的、素直に従う傾向があります。それはおそらく第一の経験からくる本能なのだと考えられます。その日、たまたま雨が降ってしまえば、それに対処するのが日常です。普通の雨だけではなく、大災害といえるようなこともふくめて、気まぐれな自然と闘い続けてきました。そういうなかにあって「どうしてこんなことになったのか？」と因果関係を考えようとする人間のほうが少数派です。大多数の人たちは、それを考えるよりも起こったことに対処するほうが先だと考えていたのではないでしょうか。そうしなければ間に合わないとなれば、おのずとそうなっていくものです。

しかし、そこで余裕が生まれ、因果関係が見えるようになってくると、サイコロをコントロールできないかと考える人間が現われる。六を出すことで王様になれるのだとしたら、無限に六を出し続ける方法を考える。実際にそうして社会を動かし、人間を動かし、他者と競争しながら富を得ていく動きが、世界中で現われては消えるということが繰り返されてきました。それでも結局のところ、大多数の人間がサイコロを振り続けているのです。

このサイコロにはいろいろな種類のものがあります。十二面、二十面など、面数の多い現実のサイコロもあります。サイコロではなくても、サイコロと同じように機能しているものもあり、その場合の確率もさまざまです。コインの表と裏であれば、どちらが出るかの確率は二分の一です。二十四節気という太陽の運行にもとづいた暦や、十干と十二支による六十通りの組み合わせでつくった円盤などを決定のために用いる文化もあります。

明日はどうなるかわからない。いまいる場所が常にスタート地点だという意識は誰もが強くもっている。それは人間に最初からプログラムされていることなのか、学習によって刷り込まれていくものなのかはわかりませんが、そういう傾向が強いのは疑いようがない。

そうでなければギャンブルをやるはずもない。ギャンブルに熱中している場合、それまでに起きたことは頭の中でリセットしてしまいます。大抵の人は、偶然に立脚しているその瞬間にリアリティを感じるものです。

●偶然性と物語づくり

テーブルトーク・ロールプレイングゲームという遊びがあります。
テーブルトークすなわち座談は、火を囲んで話すことから始まった大昔からの娯楽です。ロールプレイとはそれぞれの役割を演じることです。職業訓練や演習として行なう場合もあれば、チェスのようにして勝敗を競う場合もあります。この二つを合体させて、ルールを複雑化させたのがテーブルトーク・ロールプレイングゲームです。

このゲームが急速に発達して受け入れられていったのはなぜかといえば、ダイス（サイコロ）が大きな役割を果たしたからです。ゲームの進行を決定づけるのがダイスだからこそ、ゲームにリアリティが出てくる。さまざまなルールのロールプレイングゲームがあるなかでも、ダイスを使わないものはほとんどないことからもその重要性がわかります。

テレビゲームで発達したロールプレイングゲーム＝ＲＰＧは、ダイスが果たす要素を複雑化させていき、一定の確率で必ずクリアできるように調整しています。どのように調整しているかといえば、ある偶然性を何度も経験するたび、その偶然性が無視できる状態になるのです。つまりレベルが上がっていけば、弱い敵はどんどん倒せるようになっていきます。遭遇する困難と戦っていくうちに、困難が困難ではなくなっていくシステムが導入されたのです。常にサイコロを振り続けていても、ゲームを続ければ続けるほど、最高の目を出しやすい状態になっていく。それで、あるステージをクリアすれば、別のステージに行くことになり、そこにはまた違った強敵が待っている。その敵に勝つためには新しいアイテムを集めなければならず、そこからまたサイコロを振り続けることになるわけです。

こうしたシステムはすでに定型といえるものにもなっています。いまは数えきれないほどのアプリゲームが開発されていますが、ほとんどのゲームの根底には、サイコロがもつ偶然性が導入されています。そこで重要なのは、その偶然性が納得できるものになっているかどうかです。ときに、それこそ実験的にまったく納得できないようなゲームもつくられました。一〇〇%、偶然でしかクリアできなかったり、絶対に発見できないような場所にクリアのために必要なアイテムが隠されていたりするような類《たぐ》いのものです。一般にはそういうゲームは大多数のお客さんには受け入れられませんでした。

サイコロがもつ偶然性をさまざまなかたちで複雑化していったのがいまのゲームです。パズドラ（『パズル&ドラゴンズ』）などのパズルゲームにしても、技術が求められるだけでなく、どのようにドロップが落ちてくるかという偶然に左右されます。多くのアプリゲームに導入されているガチャというシステムもそうです。ガチャガチャを回すようにして、アイテムや使用キャラクターを、運で獲得するやり方です。

人間は、サイコロにリアリティを感じます。それを振ることによって、本当に起きているかのような感覚を抱きます。それは人間の原始的な認識の様式なのだと思います。偶然起こったものごとを、自分自身の一部であると認識して受け入れる。神秘体験に接するのと同じで、それが必然なのだと考えてしまう。シンクロニシティの中に自分はいるのだという世界との一体感に関わることです。

その感覚があまりに人間の根源に結びついているため、法律で禁じられている場合もあります。射幸心という言葉があるように、中毒性が高くなってしまうからです。宝くじなどは行政にしか許されていない賭博《とばく》です。株の売買にも多くのルールがあります。そうしないと生活が破綻《はたん》しかねないほどお金を注ぎ込んでしまうからです。それが、偶然がもたらすリアリティの怖いところでもあります。

そうした、偶然を必然だと感じる経験が、人間の物語づくりの根本になっています。物語づくりでは、そのリアリティを差し替えたり動かしたりして改変します。それを行なう際の、つくり手の好みやお客さんのニーズもまた、偶然と必然に支配されているのです。

●世界と一体化するための儀式

サイコロを振ってどんな目が出るかはわからなくとも、そこで何かの目を出しているのがあくまで自分であり、他人がサイコロを振っているわけではない、ということが人間にとっては重要な意味をもっています。

実生活の中での例を考えるとすれば、自分はこの会社に就職したのだから頑張ろうと思うようなことがあります。その就職にしても、そこに行き着くまでには多くの偶然が積み重なっていたはずです。何かのきっかけがなければ、その会社を知ることもなかっただろうし、自分が行動してきた結果としてその就職があります。そうではなく、生まれたときからその会社に就職することが決まっていたのだとすれば、おのずから頑張ろうという気持ちにはなりにくい。誰かのため、あるいは社会の目盛りに従って頑張ろうということになる。その目盛りからちょっとでもずれると、もう頑張ることができなくなってしまいます。なぜかといえば、そういう場合には自分でサイコロを投げていないからです。

実際に何をしたかは別にして、自分でサイコロを投げたという実感を得られたなら、その瞬間、ものすごいリアリティを感じて一体感をもつことができます。旅人が分かれ道の前で棒を倒してどちらに行くかを決めるのも同じです。そこで、どちらが出るかは偶然に支配されていても、決定したのは自分なので、自分の運命なのだと受け入れられる。こうした行為は、世界と自分を一体化させるための儀式だといえます。

社会や世界、宇宙全体は本来、自分の意志などとは無関係に動いている。その中で自分が動いて何かにぶち当たる。そこで一体感や必然性といったものがまったく感じられず、すべてが偶然であるという事実だけを見てしまうと、大抵の人間は動けなくなります。何が起こるかわからないし、どう対処していいかわからなくなるからです。

それでも飛び込んでいき、偶然起こったものごとを、自分の意志や行動の結果として受け入れる。そうすることでその人の行動範囲が広がり経験が培われていく。培われた経験の分だけ自分の時間が進んでいく。その感覚が人間にとってはいちばんの快感なのだろうと私は思います。

●時間感覚をめぐるビジネス

必然と偶然を価値づける重要な要素が、やはり時間感覚です。

それぞれの偶然がどんな順番で起こったか、あるいはひとつの偶然が起きてから次の偶然が起こるまでの時間の幅をどう感じたか、といった部分が価値観に大きく影響します。よく「スピード感あふれる物語」などといった形容がされますが、実際は物語にスピードなどはありません。物語自体が動くわけではないので当然です。ただ、早いと感じるような時間感覚を演出したり、ゆったりした時の流れを描写することはできます。物語だけではなく、時間にも早い遅いがあるわけではないので、そこはリアリティの問題になっています。作者が意図的に、受け手の実感をコントロールするために物語を整えるのです。リゾート施設のPRで「現実を忘れて、ゆったりとしたひとときをお過ごしください」などと言われることがあっても、実際は「ゆったりとしたひととき」など提供できません。それは当人の感覚次第なので、その感覚を錯覚させる物語を用意できるかどうかが問われます。

そのことはアプリゲームの開発とも関係しています。アプリに関しても必然と偶然を巡る部分で規制が入るようになりました。消費者庁がガチャの一種であるコンプリートガチャを景品表示法違反とする方針を打ち出したことがそうです。そのため、今度はアプリが何に対して課金するようになったかといえば、時間感覚です。無課金で行なう人が二時間かかるようなことを、課金によって五分で行なえるようにするなどと、うまくすり替えているのです。

あるいはリゾート施設で、並ばずに済むチケットを売ったりする。並ぶ時間を短縮できるということが価値になるわけです。時間を費やすのではなく、費やさないことにお金を払う。こうしたことはすべて、人間が「時間を巡るリアリティ」をつくり出す手法に、いかにすぐれているか、ということの証明になっています。

何度も繰り返しますが、社会がつくった時間の目盛りは、個人の時間感覚と等しいわけではありません。人間が頑張って目盛りに合わせているだけで、本来、個々人の時間感覚はそれぞれ違っているものです。その感覚の違いから生じるストレスをうまく活用すると、たちまちビジネスが成立します。時間を短縮させるためにお金をかけさせるのは、人間の本能に直結した巧みな方法です。

●短縮される時間と寿命

人類はこれまでにも時間を短縮することにありとあらゆる情熱と知識を傾けてきました。テクノロジーの発達で何が得られたかといえば、お金ではなく、時間である場合がほとんどです。移動手段の発達によって時間が短縮できているのはいうまでもありません。建築物もその意味をもっています。眠る場所が決まれば、毎日、それを探す必要がなくなる。生活空間と倉庫が一か所にまとめられたならば、そこでも時間は短縮されます。

日用品もそうで、洗濯機などは典型的な例です。修道院に洗濯機が導入されてシスターの仕事が減り、時間をもてあまし始めたことから、いじめが横行するようになったという説もあるほどです。

人間は常に時間を獲得しようとし、そこである種の快感を得ていました。それは人間にとって本能的なものです。時間が短縮できれば、そこには必ずメリットが生まれる、と考えるのが人間です。

そのメリットを提供する商売が、ここにきてまた急速に増えてきました。わかりやすいのが、アマゾンなどの通販ビジネスが導入している「お急ぎ便」といったサービスです。当日配達や翌日配達などが約束されるわけですが、正直、そんなに早く必要なものがそれほど多いのかという疑問もあります。ライフラインが断たれた、といったアクシデントを除けば、消耗品などは普通、常備品があるものだし、本やCD、DVDといったものが二十四時間以内に必要なのかどうか疑問があります。しかし、実際そこまで必要性がなくても、時間が短縮されるのだと言われれば、逆らえないくらいの魅力を感じるのが人間なのです。

それくらい、時間の短縮は、人間にとっての本質的な欲望だといえます。なぜ、そういう欲望があるかといえば、何かに要する時間が短縮されれば、それに反比例して寿命が延びるのと変わらないからです。短縮された時間の分だけ、同じことをたくさんできるか、別のことができるようになるのです。

ある時間内に洗濯が百回しかできなかったのが一万回できるようになったとすれば、百倍、寿命が延びたのと同じだという感覚がもたらされます。時間が短縮されるごとに、人間は自分の生命が拡大されたのと同じ感覚を得るのです。だからこそ、そこにお金を出すのは惜しまれないわけです。

●マンネリ化と第二の経験

第一の経験と直結する肉体感覚、寿命感覚、生存感覚にくらべれば、お金のほうが下位になるので、自分の生存感覚をふくらませるために課金をしていきます。不老不死は人類の夢だといわれますが、時間短縮への支払いは、それを求める感覚に近いといえます。

人間はおそらく空間が拡大されるよりも時間が拡大されるほうを喜びます。二時間かかって育てていたキャラクターが一瞬で育ったとすれば、たまらない快感となります。その快感は、これから社会が規制を考えなければならなくなるほど、強烈なものです。

この時間短縮の欲求が社会でどう扱われるかによって、今後の社会様式そのものが変わってくると考えられます。叶《かな》えられる欲望や得られる利益が大きければ大きいほど、そこで発生するリスクを受け入れてしまうのが人間であるからです。

投資がその最たる例です。短期に期待される利益が大きくなるほどリスクは膨らむものなのに、リスクを度外視してその利益を求める。株式市場が発明されて以来、さまざまな防止措置が考案されてきたにもかかわらず、破産者が出るのも、時間短縮の欲望ゆえです。

偶然と必然にプラスして、それがもたらされるまでの時間感覚がすべての物語を支配しているといってもいいのが人間の感覚です。

マンネリという言葉があります。マンネリであることに安心する人もいれば、そんなのは嫌だという人もいます。そこに個人の偶然と必然に対するスタンスがはっきりとあらわれるのです。毎回同じタイミングで同じことが起こってくれることを安心と受け取る人と、飽きてしまって退屈だという人に分かれるのです。

テレビドラマにしても、晩ご飯の準備を始める頃に事件が始まり、子供たちが席に着く頃に悪役が誰なのかがわかる。そして、ご飯を食べ終わって食器を片づけなければならなくなる頃には事件が解決している、というふうに一日のサイクルの中に組み込めるものがあります。そのドラマは、みんなの時間感覚を合わせる役割を果たしてくれているのです。

マンネリ化とは、第二の経験と一体化することです。時計の目盛りのようにそれ自体の価値はなくなる代わりに、社会的な役割をもっていくということです。娯楽としてはいかがなものかと疑問視する声もありますが、それもまた物語の役割のひとつなのです。

社会とは、全員がマンネリ化することを目指して築かれていくものです。マンネリ化が嫌ならお金を払って特別な時間を買え、というのは、先述した報酬や時間短縮と同様の効果があります。ルーティンワークに耐えるために報酬があり、マンネリ化を防ぐためにその報酬を費やす。それがこの社会の基本ルールとなっているのです。

●刑務所と浦島太郎

時間を短縮することがビジネスになるのとは逆に、時間を奪うという罰があります。

かつては顔に烙印《らくいん》を押したり耳や腕など身体の一部を切断するといった刑罰もありましたが、世界中に共通しているのは、刑務所に閉じ込めることです。

行動を制限して時間を奪う。刑務所は新宿《しんじゅく》の繁華街のど真ん中にあるわけではないので、そこに入れられれば、コミュニティの外側に置かれることになります。そうして第二の社会的経験を奪ってしまうのです。

そんな閉じられた空間の中でも有意義に生きようと思えば生きられるのが人間ですが、そうすることができないようにする仕掛けもいろいろと用意されています。何時に起床して何時から作業するというように、やらなければならないことはすべて時間で区切るという刑務所内だけで適用される第二の経験があります。それによって人それぞれがもっている本来の時間感覚を奪い、偶然と必然をなくしてしまっている。その中で絶望まではしてしまわないように、自由時間などといったわずかな報酬を与える。模範囚になれば刑期短縮というかたちで時間、すなわち寿命が返される……。人間のつらいところをついた、ある種、完成されたシステムだともいえます。

ただし、時間を奪われた人間が社会に戻ったときに再び問題を起こす可能性は、むしろ高くなります。再犯の問題です。刑務所という施設の中で、そこにしかない第二の経験に合わせていたあとで社会に出れば、また違った第二の経験に直面させられる。刑務所内と一般社会のあいだの常識の違いに混乱してしまう。時間を奪われ、物語を奪われた人たちが社会に戻ったとき、そこで浮いた存在になりやすいわけです。そうなると浮いてしまった人同士が寄り合い、すでにある社会とは異なる社会を築くことになります。

そのこと自体が社会のカウンターとして役立っているという考え方をする人もいます。時間を奪われた浦島太郎《うらしまたろう》を定期的に社会に戻していくことで、社会は刺激される、という理屈ですが、それがコストに見合ったものかは疑問です。人を刑務所に入れておくためには莫大《ばくだい》なコストがかかるからです。

投獄された人間や島流しにされた人間がそこを脱出する物語はポピュラーです。私の好みでいえば『ショーシャンクの空に』（原題『刑務所のリタ・ヘイワース』）などがそうです。そうした物語のルーツは数千年前までたどれます。神話の世界でも、冥界《めいかい》に送られた人間が報復に出たり、その人間を救出に行く物語が定番化しています。後者であれば、オルフェウスや伊弉諾《いざなぎ》がそうであるように、洋の東西を問わずに生まれています。日の光が届かない地下世界に入れば永遠に時間が停止してしまう。通常であれば人間の時間感覚は動いたり止まったりしているので、それまで培ってきた時間感覚がゼロになってしまうことに恐怖を抱きます。その感情がさまざまな物語づくりに影響を与えています。その恐怖が、刑務所送りや島流し、左遷、ハブ（仲間外れ）といった罰や、いじめにもつながっています。

これまでの歴史のなかで、人間は社会的な集合知からさまざまなものを発明してきました。刑務所など、個人の時間を奪う装置も、そのひとつです。

●経験の抽象化と物語

培われた経験の分だけ自分の時間が進んでいくのが人間にとっての快感なので、動けなくなればなるほど、不幸だという感覚になります。

時間を失ったり、お金を失ったりすれば、それだけ行動は制限されるので、歯がゆくてたまらなくなります。誰かに嫌われ、相手とのつながりが絶たれたとすれば、その相手から得られたはずの経験が失われることになるので落ち込んでしまう。実際にどうかという検証をすることなく、無意識にそうなってしまうのです。現実的には、その相手からたいした経験を得られたわけではなかったとしても、失望したりします。

人間は得られたものごとよりも失われたものごとのほうを何倍も深く記憶します。そのことは、さまざまな心理学的実験でも証明されています。何かで、五回成功して五回失敗したとすれば、あまり成功していないと受け取ります。それは人間の本能のようなものなので、錯覚だと言い聞かせても通用しないほどです。むしろ真実とみなさざるを得ないほど、人間の心を左右します。

多くの人は成功したときも失敗したときも、偶然より深く必然を認識します。成功の階段を駆け上るサクセスストーリーなどにしても、さまざまな偶然が重なっていたなかでの必然を提示して、読者や視聴者を納得させます。

偶然は人間にリアリティを与えます。そのリアリティが何のために必要かといえば、必然を感じるためです。必然を感じた瞬間、偶然は消え去ります。他に起こったであろうすべての可能性が、心から消えてしまうのです。

それは人間の選択力、認識力の問題です。サイコロの目が出た瞬間、ひとつの目だけが意識に残り、残りの五つは意識から消えてしまう。そうやって人間は自分自身で選択をしています。そんな選択を続けてきたことで経験を積み、その経験を抽象化することで物語を生んできたのです。その無数の物語が社会という一か所に集まることで、さまざまな出来事に対応するための器や目盛りがつくられていった。その蓄積のうえで、人間はどうするかといえば、さらなるサイコロを振り続けるわけです。

●偶然の必然化

偶然に導かれた行動のなかで必然的だったと納得できるものにはある種のルールを当てはめて、それを積み重ねていく様式を人間はもっています。それは物語づくりの根幹になっているだけでなく文明そのものとなっています。

あるものごとに対してあるものごとを行なえば必ずこうなるという必然を無数に積み重ねた結果、現在の科学技術があります。経済もそうです。確率や統計から、経済が破綻しないためのあり方を考え、さまざまな偶然の重なりによって変動していく経済活動を、ある一定の状況に抑え込もうとしている。ある程度の変動はあっても、社会が崩れてしまわない範囲内でおさめるようにしているわけです。

中国市場で株価が一気に下がってしまうといった事態において、社会は何かしらの対策をとろうとします。トライ&エラーという意味では、日常的に個人が行なっていることと性質は変わりません。重要な政策にしても偉大な発明にしても日々の生活にしても、やっていることは同じといえます。偶然性というものを理解して、その偶然性に対してどのように必然性を構築していくかを考える、ということです。

目の前で起きていることが偶然であるという認識をするためには非常に限定された状況

が必要になります。たとえばサイコロを振るときには、それが六面体のものなら、出てくる目の数は六通りと決まっているので、七つめの目が出てくることはありません。仮に七つめの目が出てしまえば、大自然がそうであるようにカオスとしてしか認識できなくなってしまう。それを一気に処理する能力を人間はもっていません。

たとえば狩猟をするときには、まったく想定もしていないどんな生き物が出てきてもいいわけではなく、何種類かに特定された獲物を追います。農耕にしても、特定の植物の栽培だけを試みます。そうすることによって人間は経験を高めていくのです。なるべく多くの偶然を経験し、それらを必然化するにはどうすればいいかを思考する。これまでの歴史の中で、万人がその方法論を培ってきたし、いまもそうしているのです。

●根本を司る原動力

人間は心の底で、未知のものに対する不安や恐怖心、憧《あこが》れと好奇心といったものをすべて同時にもっており、そうすることでバランスを取っています。不安や恐怖心があるために極端な偶然に走らずにいられるし、憧れや好奇心、フラストレーションといった感情があるので必然の世界の中だけに閉じこもってしまわずアクションを起こせる。このバランスが崩れてしまうと、すべての人間性が失われていきます。

死ぬまでの毎日、何時何分に何が起こるというのがすべてわかっていれば、ただのルーティンワークをこなしていくだけの作業になります。それに対してどんな報酬を与えるかによっても変わってきますが、大抵はその状況に耐えられなくなるでしょう。

それとは逆に、明日、何が起こるかまったくわからない極限の状況下になればサバイバルを行なっていくことになります。サバイバルというのは必然性をつくり出す行為といえます。延々と続くサバイバル状況に耐えて、毎分毎秒、必然をつくりだしていくことができる人間は、これまたきわめて少ないはずです。

現代に生きる我々は、その部分では恵まれています。たくさんの人間の知恵が集積されて、そのバランスを取る生活様式を生まれながらに享受できているからです。そこで享受したものに対しては常に満足と不満を同時に抱きます。それは個人の性質ではなく、生きている人間なら誰もがもっている本能といえます。

自分がどんなバランスで生きていくのが正しいかということは個人個人のトライ&エラーの仕方によります。バランスが取れている状況がどんなものかということも、時間感覚によって違います。時間の余裕がある暇なときには未知のものを求める気持ちが高まっても、ものすごく忙しいときには経験のない問題には遭遇したくないものです。

　ですがバランスが歪《ゆが》んでしまったと感じたときに、どのようにバランスを取り戻すかは多くの人間に共通しています。雑多な偶然や必然を心から除外して、自分の精神や肉体の安定を求めるための癒《いや》しが求められます。レジャーに出かけるなどして、ふだんとはまったく違う環境に行くのもそのためです。偶然性がゆるやかな場所に行くことで緊張感を解いていくわけです。あるいは精神安定剤のようなものを用いて、物理的に肉体感覚、時間感覚を麻痺させ、極端に意識が働かないように抑えつける場合もあります。

　いずれにせよ、一人ひとりまったく違うにもかかわらず、その根底には人間として共通する何かが必ずある、というのが社会の前提です。すべての職業、すべての人間の活動に共通するものがなければ、レジャーは成り立たず、医療も成り立ちません。

　それぞれに固有の性格をもつことを自由と考え、それが唯一で絶対の真実だとしたなら、他人と共有できるものはなくなります。そうなれば、社会が成り立たなくなってしまう。現実として社会が成り立っているということは、そこに根本を司《つかさど》る原動力があるということです。その力の中でもとくに物語を司るものを、私は偶然と必然と呼んでいるのです。

●人生に迷う図式

人は誰でも偶然を生きています。

そこでただ能動的に偶然を生きようとするだけでなく、すでにして偶然を生きている自分をどれだけ自覚するかが大切になります。自覚するというのは、喜んだり嘆いたりするのではなく、ただ漠然と受け入れるのでもなく、理解するということです。

幸いなことに類似した偶然を生きてきた先人はたくさんいます。人類が文明を築いてからこれまでのあいだにどれだけの人間が生まれて死んできたかはわかりません。何百億人だったとしたなら、その何百億人による集合知がどこかに積み重なっていて、それは遺伝子レベルでも確実に残っています。その力をうまく活用することで、その人がこれから経験しなければいけない自分固有の未知の偶然を上手に必然化していくことができます。

ゲームにたとえれば、自分なりの攻略法を見出していくことができるということです。すでに存在している数々の攻略法を参考にしながら自分のハイスコアを出すことを目指していくようなものだといえます。そうした考え方ができてくると、人間はある程度、自分を俯瞰《ふかん》できるようになっていきます。

自分の人生は双六《すごろく》であり人生ゲームだという認識をする最大のメリットは、自分はずっといまの状態のままでいるわけではないのだという確信が得られることです。

未来永劫《えいごう》、このままであるはずがない。そのことは危機感にもなれば、安心感や希望にもなります。多くの人間にとって、同じ状況が長くは続かないということは、不安ではなく安心や希望になるものです。

コマーシャリズムでは、不安を煽《あお》るフレーズが多いものです。なんであれ、いまより悪くなることを防ぎ、良くなるような助けが得られる、という、そこはかとない希望が、積極的な購入意欲に結びつくのです。そうした人間の偶然、必然という根本を、ちょっと歪めて錯覚させてしまう技術も、ずいぶんと培われてきました。

自分の行動によって生まれた結果を、意味があるものとして受け取ることができる限り、それがたとえ悪い結果であっても、価値づけをすることができます。自分の内的な決断、自分の生き方に従った結果として、どんな悪運も人生の糧にできるからです。大抵の成功者は、そうした失敗の連続を糧として、独自の必然づくりをしてきているものです。

しかし、外的要因によって自分でも気がつかないうちに歪められてしまうと、その結果をどう価値づけていいかがわからなくなります。騙《だま》されたり、強制されたりした人生には、なかなか価値を見出せません。自分の人生に介入してきた複雑な方程式が、他人がつくったものであるせいで理解できず、いつのまにか自分の人生の軌道が変わっている理由が思い当たらなくなる。それが「人生に迷う」といわれる状態です。

そんな迷路に入り込んでしまうのも、第二の経験、すなわち社会に蓄積されたさまざまな目盛りやイメージ、規範に従おうとしたからか、逆らおうとしたからかのどちらかです。規範は、それ自体は無価値な信号機みたいなもので、ある一定のルールに従っているだけです。時代にそぐわない信号機になっている可能性もあり、それにたまたま従ってしまっていることもあり得ます。しかも人間は、社会の規範という信号機に従っているということをどんどん無意識化していくので、どこでおかしな信号機に従ったのか、思い出せなくなりがちです。思い出せないから、「自分は迷っている」という感覚に陥るのです。

実際は迷うも何もありません。人間は、その瞬間、その状況下において生きていて、次の偶然に備えていればいいのです。なのに過去のおかしな必然に引っ張られてしまっており、そのため、どんなに工夫をしても、おかしな必然に入ってしまうという自縄自縛に陥ってしまう。

失敗ではなく、むしろ強烈な成功体験があるような人に、とくにその傾向がみられます。時代にそぐわなくなっていても、自分はこれで成功したんだからもう一回成功すると信じ、ひたすら同じことを繰り返そうとします。しかし結局うまくいかない。成功や失敗という考え方自体が社会の目盛りに過ぎず、決して絶対的でも普遍的でもないのに、そこで迷路にはまって抜け出せなくなっているからです。

●バランスを取る努力

偶然に支配された中を生きているうちにバランスを崩してしまうのは外的要因ゆえですが、バランスを崩した状態を保ち続けてしまうのは、当人の選択によるものです。

それが正しいと思い込んでしまっているわけなので、これはおかしいと、どこで気づくかが問われます。それができるようにするための知恵もまた蓄積されています。自己診断や自己改革などといったノウハウはいろいろありますが、いずれにせよ、何かがおかしいとき、それを修正したいと本人が強く望まない限り、意味はありません。

そして強く望んだとしても、自分のバランスが崩れていると思ったときに次のバランスにどう移っていけばいいかは、なかなか難しい問題です。そこで起こることもさまざまで、たとえば男女の依存関係のように、バランスが崩れていることが便利な場合もあり、ずっと同じ状態でいようとする人もいます。かと思えば、いまの自分はおかしい、といきなり目覚めて、周囲の制止を無視して正しい道に進む人たちもいるものです。

人間は常にバランスを取ろうと努力をしているのであり、一〇〇％バランスが取れた状態にいることは一瞬たりともありません。自分はいま、ヤジロベエが真ん中でぴたりと静止しているようにして成り立っているのだ、と感じているとしたなら、それは錯覚です。自分は常に揺れ動いているんだ、という認識をもっておくべきです。

いま自分は動揺している、いま自分は緊張している、といったことに振り回されてしまう人は、自分は常日頃、静止していると思い込んでいるのです。動揺も緊張も、心の正常な働きであり、そんな事態は日常的に起きているはずです。人類の歴史といったことを考えるまでもなく、その人が生まれてから死ぬまでのあいだに毎日経験しているうちの一パターンに過ぎず、それをたまたま極端に意識してしまっているだけなのです。言い換えれば、自分が動揺しているとおののくのは、無理やりぴたっと静止しようとしているからで、人間は揺れ動くものだとわかっていれば、なんてことはないものです。

「いやあ、緊張しています」と口に出すだけで、消えてしまう程度のものなのです。

●悲劇と喜劇の構造

偶然という流れに身を任せて生きていけばいいと考える人もいるかもしれませんが、その場合はそれが思考放棄になっていないかが問われます。そのためにただの自堕落になっているのだとすれば、何も始まらないどころではありません。人間は経験を蓄積していきますので、自堕落の経験がどんどん溜《た》まっていって取り返しがつかないことになります。

変化が起こればストレスが生まれると考え、規律や規範で縛りつけていこうとする人もいます。それもまた揺れるのをやめたいという気持ちがあるからです。人間は常に揺れている船の上を歩いているようなものです。すべてを無視してしまおう、どちらか片方に押し込んで固定してしまおう、といった極端な考え方をすることもふくめ、数えきれないトライ&エラーを繰り返し、そしてそのつど、カウンターを受けることになります。

現在に残されている多くの文学作品や芸術作品では、そうした偏った人間の試みが描かれています。その場合にしても、結果として元のバランスに戻っていくか、それを放棄してそのまま沈んでいくことになるか、どちらかになる場合が非常に多い。

ギリシャ喜劇や悲劇を見てもそれがわかります。そういう試みのなかで跳ね返されて元に戻るカオス状態が喜劇になっている。それとは逆に元のバランスに戻る選択肢をすべて放棄し、偏った状況下に埋没していくことが悲劇と呼ばれたものではないかとも考えられます。テーゼとしていえば、悲劇は必然でなければなりません。たまたま起こったことに対して人間は意外に泣けないからです。ただの泣きっ面に蜂になってしまえば、そこに感動はない。やむを得ざるものごとに対して人間は涙します。

それに対して喜劇は、基本的には偶然に支配され、カオスになっていることが求められます。コメディでは、予想もつかないトラブルが連続で起こることによって人間が右往左往する様子が描かれる場合が多いものです。人間はそのどちらも求め、必要としているとしかいいようがありません。

喜劇から派生したものを見ていけばホラーなどがあり、悲劇から派生したものを見ていけばミステリーなどがあります。人間が計算に計算を重ねてひとつの物事を成就しようとして、何もかも隠蔽《いんぺい》しようとしたり、人を殺そうとしたりするなかで計画が破綻してしまう。犯人と探偵のやり合いなどは、互いに互いの必然性を積み重ねていき、どちらが上手をいくかを競い合う。それはギリシャ悲劇やシェイクスピアの悲劇の中で必然性を積み重ねていき、どうしようもない場所に落ち込んでいく手法と同じです。そうした娯楽を通して、そうなったときの自分を想像するとき、自分のそれまでの経験に対するカウンターになるなら、心のバランスを取ろうとしているといえるでしょう。そうでない場合は、かえって自分の偏りを助長しているということになります。

●第四の経験にもとづいた仮想空間

現代の娯楽は、バランスを取ることが目的となっており、常に現実に戻ってくるような形式に定義づけられているともいえます。娯楽というものをカッコで括《くく》っておいて、そこで体験された物語が第二の経験を破壊しないようにしているわけです。「ちゃんと現実に戻ってきなさい」「エンタメと現実をごっちゃにしちゃいけませんよ」ということです。

そもそも第四の経験は、本来の経験と架空の経験をごちゃ混ぜにすることで生まれてきますが、そのうえでバランスを取ることを求めるのが第二の社会的経験がもたらす制約です。かつて教会で歌われる歌は世界と人生の真実であり、日本の仏教がもたらす法悦は真理でした。いずれも人生を一変させる可能性をもつものでしたが、現代の娯楽はそういうものとは違うのだとされています。政教分離ならぬ娯教分離が発達しているのです。

アトラクションやカジノ、リゾートといったものもすべて架空の、第四の経験にもとづいた世界です。第二の経験にもとづいた集合知による社会のなかで、都合のいい一部の理屈だけで成り立った世界が構築されています。そこに入っていくことで、特殊な経験をして、楽しんで帰ってはきますが、そこから新たな人生が始まるわけではありません。

現代はデジタル媒体が発達し、いつでも仮想空間をつくれるようになりました。しかし古代から近世にかけての社会では、カルトや過激派は、社会の中にもうひとつの都合のいい社会をつくってしまうことが多々ありました。デジタル技術によってそうするのが容易になった、といえます。都合のいい社会の中では、ある特定の方程式でしか偶然と必然が働かないようにできています。ゲームの世界であれば、常に同じ空間が配置されますが、その初期設定自体がそもそも現実ではあり得ないものとなっているのです。

現実の世界では、偶然と必然のなかで人間が生きていくための知恵のひとつとして報酬があります。ゲームの世界などでは、架空の報酬を与えることで、その社会における生きる喜びを見出させる。そうすると、そこに入ったまま抜け出せなくなる人も出てきます。

カルト社会にはまっていく人もいますが、ゲームの世界に閉じこもるゲーム廃人も、カルト社会と理屈は同じです。そうなる人たちが出てきてしまうのは特殊なことでもなんでもありません。人間の経験というものを考えていくと、それ自体は当たり前のことなのです。だからこそ、そうならないための知恵がさまざまな経験から導き出されてきたのです。

●非日常と日常の行き来

社会という装置が「皆さん、社会をより良くしましょう」というメッセージを発する場合、多くは、「あなたたちはこの社会以外に生きていくところがないのだから、ここを良くしないでどうするんですか？」という意味をもっています。そんな発信は正当なものではないにもかかわらず、目盛りに従わせたいときの美辞麗句になっている。

その社会に参加せざるを得なくする強制力、参加したことで得られる報酬や生活というものを、人間はいつでも無意識に感じています。どうなれば自分がそこから逃れられなくなるかということも、じつは本人がいちばんよくわかっている。それを他者に当てはめ、強制することも意外にできてしまいます。

誰かがつくった必然に遭遇したとき、それに巻き込まれないようにするためにはどうすればいいのか、常に考えておく必要があります。どんなに素晴らしい場所であったとしても、あるいは最初は単に巻き込まれたのだとしても、意図的に参加するようにして、好きなときにそこから離脱できるようにしておくべきなのです。

それには、第四の経験を上手に活用するしかありません。環境が強制する物語と、自分で培ってきた物語のバランスを取る必要があります。ただし現代では、この第四の経験自体が、かつてなく巨大なものとなり、むしろそちらに埋没することを警戒する必要も出てきました。

ディズニーランドに行って未知の体験をして「夢のような経験だった！」と感動するのと、何かのノウハウ本を読んでそれを実践した自分を想像するのとは、変わらない意味合いをもっています。ファンタジーの世界に住む自分を体験するのと、実際には存在しない自分になれるような感覚をもつのは同じなのです。そうして人間は、日常的に違う世界に入って現実に戻ってくるということを絶え間なくやっています。なのに、いつのまにかノウハウ本をひたすら読み続けることが現実そのものに置き換わってしまう場合があります。片方の世界に偏って、出てこられなくなってしまうのです。

加工された第四の経験に自分の身と心を浸し、そこから現実に帰ってくるということを、現代に生きる人たちは、過去の時代とはくらべられないほど、頻繁にやっています。

かつてこれほど娯楽はなく、時代そのものもこんなに早く変化しませんでした。そういう中で現実が揺らいでしまい、第四の経験のほうがメインになってしまえば、「他の経験はいらない」という極端なあり方にもなっていきます。

自分の肉体的な現実感を自由に組み替えて新たな可能性を見出したり、混乱したときはリセットしたりするなど、自身の本質を正しく発揮するために、第二の経験とは一線を画した第四の経験があります。なのに、あまりに加工された経験に頼れば、現実感や価値観が希薄な状態に埋没し、とても現実を生きているとはいえない状態になってしまいます。

●人間の死角

好奇心や知識欲から、できるだけ多くの思想やノウハウ、過去の歴史などを学ぼうとすること自体は有意義ですが、そこに埋没したときには現実が消えてしまう。そんなときには、いともたやすく自分も社会も消えてしまうものです。人間はある経験知を身につけたり、感動したりすると、他の選択肢を消しがちになります。それはサイコロの出目にしか意識を集中しなくなる性質があるからです。

人間が現実を無視する能力には、すごいものがあります。そもそも、サイコロを振ったとき、出た目しか見ないで、違う目が出ていた場合に起こったはずの六分の五の可能性をすべて無視してしまうのです。たった六分の一に集中し、残りはないことにしてしまう。それくらい他の現実を消してしまうのが人間です。

そのことを理解しているのかどうかで人生そのものが変わってくるといっても過言ではありません。人間はたくさんの死角の中で生きています。人並み外れて認識力を発達させて、自分の第一の感覚だけをひたすら磨き続ける人もいるかもしれませんが、社会で生きていくうえでそれをするのはものすごく効率が悪い。社会では、みんながたくさんの死角を共有している。「あなたはあちらを見ているから、自分はこちらを見る」になっている。

たとえば、サバイバルゲームで最初にやられてしまうのは、一人で動くタイプだそうです。人間の視野は限られているので、最低でも二人一組になって視野をカバーしていかなければならない。それをしないで単独で動けば、まず狙われる。それはもう、人間の知恵の根源となっているとみなすほかありません。要するに、社会とは、他人に五感を委《ゆだ》ねることから始まっているのです。

さまざまなジャンルをカバーするためにたくさんの専門家がいて世の中は成り立っています。だからといって、自分が何も見ないでもいいのかといえばそんなことはありません。それならば、際限なく経験知を積んでいけばいいのかといえば、それだけでは足りない。そのときに学んだ分だけ、自分自身の第一の経験である五感と時間感覚に還元していかなければならない。人格形成や自己実現と呼ばれるもので、それもまたバランスの問題なのです。人間は常に何かに依存し、同時に、独立し続ける。どちらかに本当に偏ろうとすると、人の心も体も、死んでしまうようにできているのです。

●現実感覚の正常化

私は以前、テレビのニュース番組に出演したことがあり、めまいがするような感覚に襲われた経験があります。そしてその経験ゆえに、テレビ番組、とくにニュース番組が、この社会の中である種の役割を果たしているのではないかと考えるようになりました。

まずそもそもテレビという道具には、そこに映されるものすべて、真実であると思い込んでしまわせる特性があります。「テレビでやっていたから本当に違いない」という物語が社会の中で形成されていて、そのためテレビ局の人たちは情報の正否に、ものすごく気を遣います。ちょっと情報を間違えただけで、途方もない数の人間が、それが本当だと信じるからです。そのため、難しい情報をなるべく簡単にし、自明のことがらだけを流すようになっているのです。

そんなテレビにおいてとくに間違いが許されないニュース番組では、のべつまくなしにさまざまな事件や出来事が脈絡なく並べられていきます。どれも因果関係はよくわかっていないことばかりで、自明のことがらだけを断片的に並べるのです。作家としては本当にもう驚くばかりで、どれも因果関係をぶつ切りにした話題ばかりでした。そして、そのあり方自体が、人々が現実感を保つうえで、意外に役立っているのではないかと思われたのです。

殺人事件があったと報じられたかと思えば、ある町では火事が起こったということが伝えられ、パンダの赤ちゃんが生まれた、タレントの誰が結婚した……というふうに次から次へと違うことが言われる。深く理解したいと考えている人に対しては冒瀆《ぼうとく》的といえるくらいの情報の羅列です。あるニュースが流されたあと、それとはまったく矛盾するコマーシャルが流れたりすることもあります。偽装牛肉問題が扱われたあとにステーキ肉のコマーシャルが流されるわけです。そうした突拍子もない偶然性の連続は、かつて喜劇が担ってきた役割に近いものがあります。

ニュース番組をある種の喜劇としてとらえると、社会の必然性に満たされてしまった人間の心を、偶然性に満ちた白紙の状態に戻す役割を担っていると考えられるのです。

となれば、ニュース番組とは、人を我に返らせたり、こういうこともあるのかと思わせたりして、社会でいろんなことを考えなければならない現代人の精神を、無心にさせる力ウンター装置として機能していることになります。

かつてニュースの目的が、一つひとつの情報に集中させることであったとしても、もうそのようには機能していないのでしょう。むしろ、大多数の人の意識を集中させるという機能だけが生きており、そのうえで無秩序な状態をそのまま流して見せ、せわしなく生きる人々の心のバランスを保たせるものとなっていると思われます。言い換えれば、それほど現代人は、日常的に誰がつくったかわからない第二の経験の目盛りと、現実には起こってもいない第四の経験に埋没しながら生きているのです。

五百年後、千年後に、どんな社会が理想とされるかはわかりません。もしかしたなら、第一と第三の経験がまったくない人類文明が理想とされる日が来る可能性もあります。

現代人は過去の人間にくらべ、筋肉の大半を使っていないといわれています。同じように、どんどん肉体を使わないようになり、五感も時間感覚も不要になってくるのかもしれません。脳に直接信号を送れるようになれば、目を開く必要さえなくなります。そうなったとき、第二の経験と第四の経験だけで生きる世代が現われることになるでしょう。

とはいえいま現在はそうではないので、人間はいろんなかたちで第一の経験を取り戻そうとしているわけです。そんな中で、おそらくニュース番組というものは、車でいえばワイパーのような役割になっているのだと思います。第二と第四の経験でふさがれてしまった第一の経験を取り戻すため、あえて情報の因果関係をぶつ切りにして偏らせ、心の中からぬぐい去りやすくするのです。

ただし、そうした経験もまた、第四の人工的な経験であるということを知っておく必要があるでしょう。第一の経験を取り戻すため、かえって加工された経験にまみれてしまうという皮肉があります。

たとえばリゾートなどにしても、架空の経験知を与えるための装置です。そこで馬に乗ってみたとすれば、その経験は刺激になります。ただそれは、人間が自然の中で馬に乗ることで得てきた第一の経験とくらべれば非常に弱いものになっているのです。農村で稲を植える経験学習も最近は増えています。そういう教育を行なうこと自体は私も賛成です。しかし、いくら本当の田んぼでそれをしてみても、その田植えが加工された経験だという認識がなければ、危うい部分が出てきます。一度そうした経験学習をしたことによって、「自分は農家を一〇〇％理解した」と思い込む子供たちが現われやすくもなるからです。

株で成功したという人の半生を聞いて、わかったようなつもりで株をやっても、儲《もう》かることが約束されるわけではないのと同じです。その場合でいえば、その成功者にはオモテには出していない何か別の情報があったのかもしれません。

ニュース番組にしても大勢の人々が情報を収集し、精査し、整えたうえで、発表しています。その過程で抜け落ちていく情報のほうが圧倒的に多いのです。なのに、たまたま残った情報だけがすべてだと思ってしまうと、今度はその情報の断片に支配されることになります。前後の文脈を抜きにして与えられた経験は、現実とは異なるものであり、あくまで現実を詳しく知ろうとする際の手がかりに過ぎないのだと理解しておく必要があります。

●人生の攻略とは何か？

果たして人生に攻略法はあるのでしょうか。

人はまず「自分は自分の人生を送る」という限定された状況を設定します。その中で、自分はこの国で生きる、この企業に尽くす、このジャンルで頑張る、というような設定をして範囲を狭めます。そこで成功といえる条件をつくり上げ、そこに向かっていこうとするわけです。それもまた必然であり、人工的な経験知によって、まだ起こっていないものごとを起こったかのように列挙していきます。これまでの人間はこうして生きてきたから自分はこう生きていこう、と過去の経験知を参考にして、どこで自分を限定するかを決めているわけです。その際にはいつのまにか思い込んでいる部分も多いので、そうして設定されてしまった自分にどのように気づくかが問われます。

たとえば私の知人に、歯医者になろうとしたがあきらめた、という人がいます。なぜなのかと尋ねたところ、学校の成績が悪かったという理由からでした。歯医者になろうかと考えたものの、歯科大に入るのは自分には難しいと決めつけてしまったわけです。しかし、歯科大の平均偏差値はじつはそれほど高くない場合が多いものです。お金がかかるという別の問題はありますが、学力の問題だけでいえば、簡単にあきらめてしまう必要はないのです。これはあくまでひとつの例ですが、そうして自分で勝手に思い込んで限定してしまっていることに気がつくかどうかが問われるわけです。

それとはまた違い、限定しないことにおける発見もしなければいけません。何でもやってやろうという気持ちでいながら、具体的に何をしていいかわからず、いつまでたっても自分が定まらないままでいる、ということに気がつくかどうかも、やはり重要です。

最近は、電子媒体のゲームにはいろいろなロールプレイングゲームがあり、複数の職業のなかから自分の職業を選び、その後にジョブチェンジするような経験ができます。そこで残るのはゲームをクリアするためのテクニックであったり、ゲーム内での報酬であったりしても、人生が左右されるわけではありません。人間は娯楽をつくるときには生活を模倣しているものです。ゲームという媒体の技術が発達していけば、いずれ文学に代わるくらい人生を追体験できるものが生まれてくるでしょう。

ただしそれはあくまでゲーム的な思考に過ぎません。何かを攻略する、獲得するという思考は人間に生きがいを与える装置になります。ゲームをすることでそうした学びを得てすぐやめる人もいれば、ひたすら没頭し続ける人もいます。かと思えば、自分でゲームをつくろうと考えて制作者になっていく人もいる。そんな選択だけを見ていても、どのように人生を攻略するかは人それぞれであるのがわかります。なんであれ、すべて第二の経験がもたらすものの枠組みを超えることはありません。

自分の人生において「何をすれば攻略したことになるのか？」という根本的な決定が下せなければ、本人がサイコロを振る機会は永遠に訪れないでしょう。何かが起こったときにも、それが自分の経験なのか、他人の経験なのかがわからなくなり、起こったものごとをどう価値づけていいかがわからなくなる。人生の攻略としては、もっとも避けなければならないところです。

この社会で、偶然を必然に変えて生きるということには二つの意味があります。

ひとつは、サイコロを振ることによって――自分自身が意思決定を担うことによって――自分がその偶然の主体であるという認識を得ること。そのこと自体が必然を生みます。もうひとつは、自分以外の人間にも適応できる人生の経験知を構築すること。それによって、その経験知に対する報酬を求めることができます。

その報酬が大きくなれば、社会的には成功したと言われるケースになっていきます。社会的な成功とはみなされなくても、特定の地域の環境改善や福祉にすごく貢献したと認められることがあるかもしれない。ある環境が、その人の存在によって改善されたとすれば、その結果自体が報酬に等しいと受け取ることもできるし、そういう攻略の仕方もあるわけです。他にもたくさんの必然の成り立ち方はあります。

どれを選ぶにしても、それが第二の経験の枠組みの中で行なわれるゲームに過ぎないと認識する必要があります。そのうえで、しっかりと自分自身の決断と行動を価値づけておかないと、努力すればするほど心も体もおかしくなっていくということになるのです。

第4章　物語と時代性

●始まりとしての「神話」

これまでに人間はどのような物語をつくってきたのでしょうか。

人間にとって、それらの物語はいったい何だったのでしょうか。

第一の経験から第四の経験までの差異を理解するうえでも、その部分を整理しておくことは重要な意味をもちます。

最初に「神話」がありました。生と死の循環、自然の摂理といった必然をつくったのは神話なので、私たちが抱いているあらゆるビジョンの根底にはいまだに神話があります。

最近は日本人でも気軽に「オー・マイ・ゴッド！」に近い意味合いで「神」という言葉を使うようになっています。

いまの若い人たちは非常に軽い気持ちで、神という言葉を口にするようになりましたが、こうした言葉は本来、ある瞬間を支配する価値観のすべてをあらわしています。人間は細かく分類もできないような原始的な感情をもったときには神話的な経験をしたのに近い言葉を用います。「神だ！」というほどの感銘を受けたり、それほどの驚きがあったりしたとき、その感情を他の言葉で説明できるかといえば、なかなかできない。現代に残されてきた神話発祥とでもいえる言葉に、我々はいまだにかなり依存しています。

「祝い」という言葉もそうです。祝うというのは、誰かの何かの節日を価値あるものとして称《たた》えることです。それは社会的な目盛りと、個人の時間感覚をぴったり合わせようとする儀式です。同時に、個人個人のつながりを保証し、コミュニティを成立させる契機となるわけですが、そういう祝祭の手法の名残りはいたるところに見られます。

我々がいまやっていることの多くは、神話時代とあまり変わりません。贈り物をする、付け届けをするというのは、一万年も前からやってきたことです。現代文明ではそれをアマゾンなどのネット通販を駆使しながらやるようになっているだけです。

「呪う」「怨《うら》む」、あるいは「敵」という考え方も、神話時代から存在していました。

文明以前から人間は、悪という概念を生み出しています。コミュニティを守るために有意義なものが善で、それ以外は悪だと決めたのです。悪は放っておくと攻めてくるので敵になります。それは神のように美しくなく、醜いはずだと決めつけているので、敵という言葉を使うときにはそうしたイメージを思い浮かべます。醜いという映像的な部分に限らず、脅威である、不愉快である、撃退しなければならない、といった感覚をもちます。

神話の時代には、敵がいかにひどい存在であるかという設定を数多くつくっていました。

そうしたニュアンスについても、何千年も前の観念をいまだに使っているわけです。

「バルバロイ」という言葉は異邦人を意味します。ギリシャ人が他民族を呼ぶのに使う言葉ですが、言葉が通じない民族という意味をもちます。自分たちの言葉が通じない民族の言葉は汚い、そういう民族は滅ぼしてしまっていい。そんな発想につながっています。

モーゼが十戒を授かるくだりを描いた『エクソダス　神と王』という映画がありました。「汝《なんじ》、殺すなかれ」「盗むなかれ」といった戒めが刻まれた石板を手に入れることでコミュニティに規範が生まれ、再び神を得ることになります。聖書では、自分たちには正しい神がいるのだから、神を得ていない民族を滅ぼしにいこう、と話は展開していく。「殺すなかれ」という戒めは、そのコミュニティの中だけで成り立っていることなので、他民族を殺すのはかまわない。そうした構造は、多くの神話的な物語以前から存在していました。

●神話が果たしてきた役割

複数のコミュニティが調和していく物語はわりと新しく、千年か二千年くらいの歴史しかないはずです。

キリスト、ブッダ、ムハンマドが現われ、複数の神々、複数のコミュニティが存在することが当然とされる社会へと変遷しました。そこで初めて、それらを包含する究極の平和を求める思想が生まれました。そうした思想にしても、神話的な思想の流れの中に存在しています。

現代に生きる我々も、政治的、経済的な融和を考え、その理想を口にします。そうした発言もまた、神話的な言葉に近いというか、それを元にしているものがほとんどです。

たとえば「シンパシー（sympathy）」というのは、シン＋パトスです。「sym」は、「シンクロニシティ」や「シンクロ」などと同じ接頭辞で「一緒に」などの意味をもち、「pathos」は「苦しみ」などの感情をあらわします。人のパトスを自分のことのように受け取るということからシンパシーになっているわけです。

この言葉には、キリストが、神の罰、あるいは人間が楽園を追放されてしまった苦しみを人類共通のものとして自分で引き受け、人類を救済したというニュアンスがふくまれます。「共感」「思いやり」と訳せば、日常的な感情表現になりますが、根底にはそもそも神話的な一体感があるわけです。

これは一例に過ぎず、神話的な物語はこうした言葉をたくさんつくり出しています。それがまた、その後に生み出されていく物語の基礎を成しているのです。いずれにしても最初にあるのは神話です。

なぜ我々は死ななければならないのか？　なぜ太陽が昇ってくるのか？　なぜ動物たちは殺してもまた次が生まれてくるのか？

神話の中ではそうしたことが語られています。たとえばアイヌの神話では、多くの動物に神の名前がつけられていますが、シカはたくさんいたので神にはしなかった。シカを生み出す神様がいて、その神様が次々にシカをばら撒《ま》いていってくれるので、いくら捕ってもいいものと考えた。それを続けていてシカの数が減ってくると、今度はシカも神様にしようかと考える。そうしたいきさつには人間と環境すべての関係性が物語られています。それが分裂して広く伝わっていき、さまざまなかたちに変容していく。

神話がどのように生まれたか。その始まりは誰にもわからず、想像するしかありません。それでも神話がどのような役割を果たしてきたかについてはさまざまな研究によって明らかにされてきました。そしてその役割のほとんどが、人と世界の一体感についての経験知であるのです。

●王権的物語からの脱却

「神話」による経験の共有をもとにコミュニティ単位の「宗教的物語」が生まれました。そうした宗教的権威とは別に、権力者が登場してつくられたのが「王権的物語」です。その一方、登場人物のほとんどが一般人である「民話的物語」が生まれます。そして「大衆娯楽としての物語」「個の物語」が誕生しました。

こうした物語の発達には、その時代その時代で第一の経験から第四の経験のうち、どの部分が優位になっていたかが関係しています。

王権的物語の場合はわかりやすく、第二の経験と緊密に結びついています。第二の経験とは社会的経験ですが、その規範とするのに適した物語をつくらせます。それがそのまま歴史になる場合が多々見られます。多くの時代、多くの国で、権力者にとって都合のいい歴史が編まれてきました。第四の経験知を高めて情報を入れ替え、受け入れやすく、信じやすくする。そうすることによってコミュニティを保ちやすくしたり、特定の一族の繁栄を保全したりしたわけです。

ヨーロッパにも日本にも「〇〇の戦い」と呼ばれる争乱が数多く伝えられています。その伝承にしても、勝ったほうが正義でその戦法が褒め称えられ、負けた側は卑怯《ひきょう》でみじめだったというような話になっている場合がほとんどです。しかし、事実を掘り起こしていくと噛《か》み合わない部分も見つかり、脚色された物語なのだとわかります。歴史資料として有用であっても、人工的な物語であることを理解しておく必要があるのです。

そのカウンターとして現われたのが、歴史物語や講談、琵琶《びわ》法師や吟遊詩人の語りです。これらは実際に起こった歴史に準じて語られたものであり、たとえ脚色された部分があっても、それは権力者にへつらうものになっていないことが特徴です。

司馬遷《しばせん》の『史記』も性格は同じです。司馬遷は去勢を命じられる宮刑を受けています。罪人といえる立場になってしまい、コミュニティから外れたところで自由に歴史を書いていった。実際に何が起こったかにフィーチャーしているという意味で、最初期のジャーナリズムともいえる物語づくりが生まれたわけです。ただし個人の力には限界があるため、端折《はしょ》られている部分やその後の伝聞で変わっていった部分があるのは仕方がないといえるでしょう。

こうした物語の中では価値づけが行なわれる場合もあります。司馬遷であれば「天は本当に正しいのか？」という根本の問いを投げかけている。悪が栄えることもあるのはなぜなのか、という問いかけから歴史を書いているため、そこにおいても物語的な力が発揮されています。これもまた人工的な物語の力です。現実に起こった出来事を抽出し、倫理観を追求するものとして歴史を扱うわけです。

孔子《こうし》の場合、礼学を説く際には、神話的な物語から個人の体験を引き剥《は》がして、個人の倫理観の物語をつくり上げていきました。それでさまざまな祝祭や儀礼などを通して、人間のあるべき姿を提示して物語化していったのです。その礼学が、のちに儒教として人心を広くつかみ、支配者たちによって活用されていきました。

一方で、個人の価値観を最大限に追求したり探究していくことで、国家ではなく民衆の側に浸透していく物語はあちらこちらで生まれていきました。王権的物語とは対を成す存在といえます。そうしたものが違う時代、違う場所で掘り起こされる場合もあります。

江戸時代に幕府が、南宋《なんそう》で生まれた朱子学を正学として、他の学問は許されないとしたのもその例です。共産主義におけるレーニンやスターリン、トロツキーらにしても、かつてマルクスやエンゲルスが築いた思想を、自分たちの都合のいいように曲げて物語をつくってしまった。そうしたときには第二の経験知と第四の経験のせめぎ合いになります。

それでも、物語づくりの最初期の目的が第一の経験を豊かにするためだったと理解すれば、ものごとの本質が見えてくる。歴史を学ぼうとするときにしても、つくられた物語に傾倒しすぎて自分の中のバランスが崩れてしまうことがなくなります。

●現代が生み落とすビジネスの物語

現代であれば、ニュースとコマーシャルが物語の主体になっています。その目的は、強力な拡散と価値観の浸透にあるので、かつてなく「装置化された物語」だともいえます。特定のコミュニティ内の特定の集団が、社会のニーズを事細かに分析して、特定の情報や商品がなるべく多く流通するように仕向けていく。こうした物語は、王権や民衆や思想家がつくるものとは性格が違い、ビジネスの物語です。現代ではそんな物語が数多く誕生するようになっています。

物語自体が商品化されるのが一般化したのは、どうやら近世からのようです。それ以前から商品化されることはあったとしても、もっぱら権力者の側から、民衆を統治するものとして提供されることが多かった。それが、活版印刷など技術革新によって、増産しやすくなったのが近世でした。増産するようになった背景は単純明快で、民衆の教育レベルが上がったからです。文字が読める、言葉がわかる、音楽を理解できる……というようにいろいろな要素が必要とされるなかで、多くの民衆がそうした素養をもっていることが当然になってきた。そのため、民衆がお金を払って食べ物などを買うのと変わらない感覚で物語も買うようになったのです。

物語が求められると、それに対するカウンターも必ず働きます。王権が物語を発したなら、民衆からも発せられるようになる。それで次に、民衆が物語を求めて商売として成り立つようになってくると、徹底的に商売にしていきました。売れやすいもの、あるいは売れると有利になるものを日々売っていくことになるのです。

それが次には、商品に付随した物語にもなっていきました。女性は化粧をするのが当たり前のマナーであり、うまく化粧をすれば男性にもてる。化粧をしないすっぴんは恥ずかしくて他人に見せられない……。そうした思い込みを形成したのも物語です。

そういうビジネスの物語がどんどん派生していくなかで、「美白」などという言葉も生まれました。日本社会では美の基準としてふさわしいように思われる言葉でしょうが、一方、黒人社会の中では口にもできないような差別的な造語となってしまいます。

そういう、特定の社会のニーズに合わせた新たな価値観を物語として生み出し、商品とともに提供していくのが現代の物語の大半です。多くの場合、形ある商品自体が物語を提供する装置となっており、その商品を使うという第一の経験に回帰します。

こうしたニュースやコマーシャルが果たす役割の大きさが知られると、すぐに権力者が利用するようになりました。ヒトラーなどその典型で、ナチスはラジオや新聞などのメディアを可能な限り利用し、プロパガンダのための映画もつくっていました。

現代ではまた違ったカウンターが起きていて、一般の人たちがさまざまなかたちで独自の物語を発表していくようになりました。ブログや動画投稿などがそうです。それがまたアフィリエイトと結びついてビジネスになっています。

●カウンターではないカルチャーは存在しない

世の中の動きを見ていれば、次にどんなカウンターの物語が生まれるかという、およその予測をつけられるようにもなっています。

第二の経験である社会的経験のバランスの取り方は、個人の頭の中で起きていることとあまり変わりません。大きな支配的な思想が降ってわいてくれば、それに対するカウンターもどこかで働く。それによってなんとなくでもバランスが取れていく。そのバランスが極端であれば、また違った形態になってしまうこともあります。

中国のように、政治的要因によってグーグルを封鎖するほどの権力が成り立っているところでは、そんなことはあり得ない国とはまるで違った物語が生まれます。

麻薬が合法的な場所であったり、税金が存在しない国であったり、意図的に極端な政治体制を敷いて、特定の民衆を住まわせるようにしている場所などでも、やはりカウンターとして現われる文化は他とは違ってきます。

アメリカで生まれたヒップホップもカウンターカルチャーといわれますが、実際のところカウンターではないカルチャーは存在しません。すべてがカウンターなのです。

神話にしてもそうです。大自然と人間という対比の中で、大自然がもたらすさまざまな自然現象を物語としてとらえて、それに対するカウンターを放ったのが神話だといえます。それ以来、人間は常にカウンターし続けているわけなので、カウンターではない物語は存在しないといえます。どこか奥地に住み、一人でこつこつやっている芸術家であっても、物語や経験知に対するカウンターとして、そうしているのです。

カウンターが生まれない場所があるとすれば、バランス自体がなくなっているか、崩壊していると考えられます。もしかすると将来、完璧《かんぺき》なバランスが取れた社会が到来することはあるかもしれません。そのときにはいまさらカウンターは必要ないということになり、いっさいの芸術や文化が必要なくなることも考えられますが、それはまだ未知の話です。

社会というものは必然的に揺らぐようにできています。時の権力者たちは、その揺らぎをどういう範囲におさめるか、王権を譲るとすればどの血族までに限定するか、ということを考えてきました。揺らぎのないように固定しようとすれば独裁国家に近づきますが、そういう社会の無残さはこれまでの歴史で学べます。永遠に作動しているコンピューターにでも独裁させない限り、一本の柱で固定されてしまった社会にはならないし、そういう社会があったとしたなら、人間のほうがそこでは幸福に生きてはいけません。

社会が固定され、泰然としていると錯覚されたなら安心はできます。しかし、その安心感が強くなりすぎると、バランスが歪《ゆが》む可能性が生まれてくるのです。

●現代の新たなカウンター

インターネットの普及が、これまで個人でやるには難しかったさまざまなことを個人にもたらしたともいわれます。ビジネスはもちろん、ジャーナリズムやプロパガンダもそうです。そのうえ3Dプリンターが出てきたことで、今度は工場が行なってきていた製造までが個人の手にもたらされたといえます。

こうした流れが一周すると、個人の手にもたらされたはずの部分が、今度は代理人や代理企業に委《ゆだ》ねられるようになっていくと予想されます。実際のところ、すでにそれが始まっている分野もあります。たとえば代理でブログを書いてくれるサービスなどはとっくに登場しています。３Ｄプリンターにしても、自分で設計するのではなく、ネット上にアップされたフリーのデータを拾ってきて立体化だけを自分で行なうようなことがあります。そうすると次には、立体化までを委託する流れになっていくでしょう。

３Ｄプリンターで銃までつくれてしまうということは早い段階で問題になりましたが、それはまだ社会の変化という点では、些末《さまつ》なことに過ぎません。このまま技術が発達していけば、個人で家具がつくれる、車がつくれる、家がつくれる、下手をすれば橋やビルまでつくれる、となっていく。そうなると、これまで企業が背負っていた環境保全や法律遵守といった責任が、個人に回ってくることになります。責任をとることになるとは想像もしていなかったところで、道路交通法や建築基準法などにひっかかるケースも出てくるはずです。あなたが３Ｄプリンターでつくった建築物が環境に多大な損害を与えたので何千億円払いなさい――というようなことが突然、起きてしまっても不思議ではない。そうなってくると今度は、そうした危険を回避するためのビジネスが発達してきます。

最近はテレビでも弁護士事務所のＣＭが目立ちます。民衆の側に力が行くほど責任も行くので、社会的経験の責任を負うケースが出てきていることとも関係しています。自由度が増せば、それだけトラブルは増えます。民主化が進んでいいことばかりではないので、そういうところからもカウンターは生まれてきます。

最近はネット自警団も出てきました。不快な写真などがアップされているのを見つけると、それをアップした人間を突き止めたりしているようです。まるで西部劇の自警団のようで、これもまさにカウンターです。本来、国がやるべきことを、代わって民衆がやるようになっているわけです。もちろん自警団もまた攻撃の対象にされかねないというリスクは常にあります。西部開拓時代の自警団はしばしば皆殺しにされました。国や企業のお株を奪えば、背負うべきリスクもまたついてくるということです。

●文芸作品としての物語

文芸作品としての物語の特徴は、さまざまな人工的な経験や社会的な経験知を第一の経験に落とし込んだらどうなるか、ということをやっている点にあります。

つまり、主人公にさまざまな価値観を託していき、最終的に、読者に第一の肉体的な経験知に戻ったときのような感覚を与えようとしているわけです。そうすることで社会的な経験知や人工的な経験知から脱出したり、それを俯瞰《ふかん》したりできます。それが主人公という装置を使った物語の最大の役割です。

ニュースや広告、インターネットから無数の物語が発信されるようになってきたといっても、それをある一個人に落とし込んだときにどうなるかを見せていくのは誰にでもできることではありません。それをするのは特殊な職業になっていて、いまのところ作家などの専門技術になっています。主婦ブロガーや芸能人作家なども登場してきていますが、主婦の方に年に六冊などといったノルマを課すのはなかなか難しい。芸能人作家の場合も同様です。担当編集者が「次はこれこれこういうので行きませんか」と切り出してきてジャンルを変えようという話になったとしても、それに対応する時間や技術はないのが普通です。そうなると、本人の経験知やキャラクター、許された時間の中でやっていくしかなくなります。そうではなく、常に経験知やキャラクターを専門的に発達させていくことができる物語作家は、やはり現代でも特殊な職業だといえるのでしょう。

とはいえ、いずれ何らかの発明によって――人工知能が物語づくりを担ってくれるようになったりすると――制作時間や学習のための時間が大幅に短縮され、小中学生でも過去の文学者レベルの作品を書くことができてしまう時代がくるかもしれません。

●二一世紀の文芸復興

こうした状況はこれからどうなっていくのでしょうか？

人間が未来を考えるときは、常に、「良くなる」「悪くなる」「変わらない」の三パターンがあります。これ以外の可能性を、人間はサイコロの出た目以外の数を無視するように、すべて無意味なものとして無視します。

人間は過去すでに何百年も変わらなかった社会も経験しています。日本の鎖国時代にしても、意図的に社会を変化させないようにしていたわけです。それでもその時代にはたくさんの創意工夫があり、流行などはどんどん変わっていきました。そういう変化さえも希薄な「変わらない」未来になることもあり得ます。

未来を導く要因はいろいろありますが、最大のものは外的要因ですので、なかなか予想がつきません。いろいろなコミュニティがあるなかで、どこでどんなものが発明されるかはわからない。それでも、短期的な未来を考えるのであれば予想できることもあります。

ことに物語をつくるという点に関していえば、とくに憂える必要はないと私は考えています。ある日突然、文章をまったく用いない未知の世代が現われ、我々の世代と文明レベルで完全に対立する事態でも起こらない限り、第四の人工的な経験はどんな社会でも必要とされ、発達し続けるからです。

むしろいまは、かつてなくこれまでのすべての時代の物語を俯瞰できるようになってい るという利点があり、それを活用できるかどうかにかかってきているといえます。

それは一種の文芸復興に近いともいえます。これまで埋もれていたものが一気にアーカイブ化され、万人が見られるようになってきている。電子書籍が正しく運用されたなら、絶版という事態がなくなるという有意義な部分も出てきます。その際にビジネス的な配分をどうするのかという問題はありますが、それもいずれ解決するでしょう。

いまはイタリアでいえばルネサンス期、日本でいえば江戸幕府が開かれた頃にも近いくらいの文化の爆発が起きていると私は考えています。さまざまな情報が飛び交い、それがいろいろな角度から比較検討されることで、どこから何が出てくるのかわからないほど多様化が進んでいます。ミケランジェロやダ・ヴィンチのような天才がぞろぞろと現われてくる可能性もあります。ただし、あまりにも情報が複雑化しすぎて人間をダメにする危険もあるので、個人が受け取る情報を、集約したり排除したりする装置がどんどん日常的なものとなっていくでしょう。

過去の歴史を振り返れば、誰もが一斉にダメになったという経験はなく、そうなりかけたとしても、どこかで踏ん張り、社会は守られてきました。そうでなければ、いまの世界、少なくとも、いまの日本は成り立たなかった。社会も個人も常にバランスを取るために揺れているので、ダメになるかもしれないという危機感と、明るくなっていくだろうという楽観はどちらも必要です。

いちばん怖いのは固定されてしまうこと。何も変わらず、硬直してしまうこと。そうなると、遅かれ早かれ、どこかで崩壊するしかない状態になってしまいます。

●ギブ&テイクと報酬

創作の真髄はどういったところにあるのか？

自分なりにその答えを探して言語化したいという気持ちがあるため、私はこうして物語について解剖するような作業をしています。自分が積んできた第二の経験、第四の経験を第一の経験に直していく作業だともいえます。その作業に使っているツールが言語なので、そこで見つけられたものをまた第二の経験、第四の経験に放り込みやすくもなっており、自分の技術史を不特定多数の人たちに提供しているかたちになっています。

提供することで還元される部分も多々あります。たとえば、そこから新人が技術知を獲得してくれたなら、私がつくったものにスピンオフしてくることもあるかもしれない。あるいは、そこからまた違った技術知が生まれ、カウンターとしてはね返ってきたものを私が享受できる可能性もあるわけです。

競争相手がたくさん生まれることはデメリットになるとする人もいますが、そうしたところから出現してくる人は、放っておいてもいずれ出てきたはずです。こちらが提供したものがきっかけになっていたとしても、すでに独自の技術知を身につけていたと考えられるからです。

競争が激しくなるのは、本来、避けるのではなく歓迎すべきことです。どうしてかといえば、それで業界が大きくなり、こちらのチャンスも広がるからです。ただし多数の企業が生き残りをかけて安値合戦などをやり始めると、その負担は末端の労働者に押しつけられるわけですから、正しく健全な競争が行なわれているかどうかを検証する必要があります。

技術的な資産があるなら、それを提供することは惜しまず、そのかわりに自分の利益も確保されている。このバランスが取れている限り、競争が激しくなるに越したことはありません。競争相手は、自分とは別のところでトライ&エラーを重ねてくれる存在です。自分がやらないことをやってくれる。それで失敗するにせよ成功するにせよ、そのカウンターを考えることもできる。いずれにしても有意義な存在になるわけです。

ギブ&テイクという言葉でいう「ギブ」を損失だと考える人は、目に見える報酬を意識しすぎているのだといえます。実際はギブという行為自体が報酬にもなるのに、その理解がないため、そういう部分に対して敏感になり、攻撃的になってしまう。必然と偶然の狭《はざ》間《ま》にある人間の発明品のひとつである「報酬」は、この本の通奏低音のようなキーワードにもなっていますが、それとも関わってくることです。

ギブ&テイクという言葉は、報酬を意識して生まれたのでしょう。ただし、give の対義語を receive ではなく take にしているため、いかにも奪い取っているようなイメージもあり、そこでの違和感はあります。本質的にいえば、ギブ&ギブ、すなわち相互ギブが成り立っているはずなのに、あえてテイクという発想にいくのが人間らしい。報酬という価値観が大きくなりすぎている人であれば、テイク&テイクで最終的に自分が丸儲《まるもう》けすることを何より望むことになります。そうなると、ギャンブルでいう「勝者の総取り」と同じ発想になっていきます。動物的な強者生存で生きている人たちはテイクのみを続けて、自分が屍《しかばね》になるまで誰にもギブしない。その真逆で宗教的な信仰の道に生きている人たちは、神様にギブを続けることがすべてになっている。

そういう点においても人間はいろいろなバリエーションを生み出してきました。

●文芸アシスタント制度は成り立たないのか？

報酬の話題についてひとつ私の失敗談があります。

以前に私は、「文芸アシスタント制度」をやってみようと試みながら失敗しました。そのことは報酬というものを考え直すきっかけにもなっています。

どういうことかと簡単にいえば、アシスタントにお金を支払うと、アシスタントの成長がものすごく遅くなるのが痛感されたのです。応募をしてきたときに見せていた力から考えると、どうしてここまでしかやらないのかと驚いてしまうような結果が示されました。

結局のところ、組織に就職して定期収入を得られるようになったと思い込み、安心してしまったのです。この制度を始めたとき、私は、アシスタントたちにとって自分の創作技術が高まることが何よりの報酬になるのだと信じ切っていたのです。しかしそうではなく、第一の経験として自分が認識しなければならない報酬よりも、お金という誰にとってもわかりやすい社会的な報酬のほうが、意識を支配しやすい、ということがわかりました。

アシスタント候補として十二人を採りましたが、アシスタントと呼べる存在にまでなれたのは一人だけで、他の十一人はそこまでもたどり着けませんでした。そこまで来られた一人にしても、それ以上は私の下では伸びなくなってしまったので、自立させることを考え、この制度を続けることをいったんあきらめるしかなくなったのです。

漫画の世界でもノンフィクションの世界でも、アシスタントやデータマンといった役割分担でやっていくシステムができあがっているのに、小説の世界ではどうしてそれができないのかと不思議に思ったものでした。ただし、それが小説の特徴なのかもしれません。第1章と第2章は別の作家が書きました、というようにパーツを連結していけば、ぎくしゃく感が生まれます。この部分はこの作家が書いて別の部分はこの作家が書きましたとすれば、よほど熟練したもの同士で組まない限り、えも言われぬほど読みにくいものになる。そこはやはり、人物と背景などというように分業しやすい漫画とは違うところです。『ジュラシック・パーク』や『ロスト・ワールド』を書いたマイクル・クライトンは、資料収集などはスタッフにやらせる分業を成立させていると聞きますが、管理されたデータを小説にするのは大変な作業で、結局、作家が自らやらねばならなくなります。とはいえ、複数人による小説づくりについては、まだまだあきらめたわけではありませんが。

●ノンフィクション作家の役割

ノンフィクション作家の役割は、第一の経験を第二の経験にしていくことであり、書き手として第一の経験の部分を重視する人が多いものです。自分が見ていないことをあたかも見ているかのように書くのをジャーナリストは嫌がります。ジャーナリズムでそういうことをやれば、画期的な試みととらえられる以前に、そんなものはジャーナリズムじゃないと怒られる可能性のほうが高いはずです。

ノンフィクションという言葉も象徴的で、わざわざ「フィクションじゃない」と断っています。その必要があるくらいフィクションの存在は大きいわけです。では、フィクションに対するカウンターなのかといえば、そうではありません。人間は誰しも第一の経験をもとに生きていますが、特定の人間の特定の体験を第二の経験化することによって、より多くの読者の役に立つようにキュレーティングができる。それがノンフィクションの役割なのだろうと思います。

誰の人生に注目するのかは、ノンフィクション作家の主観です。誰かの経験を第二の経験にする作業をするなかでは、自分自身の第一の経験を、第二の経験化している部分もあります。その意味でいってもノンフィクションというものは客観的事実だけを述べていることにはならないわけです。第四の経験に近いといえます。第四の経験と異なるのは、因果関係を改変しないようにしている点です。因果関係を改変すると第四の経験になりますが、そうはしないで因果関係を前後させるといった作業を行ないます。

ノンフィクションでは、作家が見出《みいだ》した既知のものを正しい因果関係で書き記していくのが基本となります。ただし人間は、自分にとって興味のある部分だけを欲しがる傾向がありますので、その要求に応《こた》えるため、あえて時間の流れどおりに書いていかなかったり、起きたことすべてを均等に扱わなかったりしています。ある部分をクローズアップし、他の部分を薄くするといった色づけをして、第一の経験として印象づけようとしていきます。

現実をずらりと表記するのは年表だったり病院で記録するデータだったりしますが、それは重要であっても面白いものではありません。他人の情報であればなおさらです。

人は自分にとって役に立つ部分しか理解しようとしない。安全を確保する参考にしたいとか自分の孤独を癒《いや》したいというように将来に向けての欲求から物語を取り入れようとしていき、リアリティはそういう実感の中から生まれてきます。リアリティとは現実感であっても現実そのものではないのです。

●物語の「新たな変化」

報酬の中でも、第一の経験として自分自身の中に発見する報酬がありますが、私が関わる業界には、二次創作という面白い報酬体系が存在します。自分が感動した作品の登場人物や物語を、自分の感性に従ってコラージュし、できあがったものを同好の士に配布したり売ったりします。ビジネスでもボランティアでもない、制作自体が報酬的な、物語をつくるという点ではもっとも自由な遊びが存在するわけです。過去、音楽や絵画の世界ではしばしば見られる遊びでしたが、それは録音したり複製したりする技術がなかった時代のことです。現代ではむしろコピー技術が発達したことで、それまでとは異なる二次創作が流行し、結果的に海賊版などと同列に語られるようになってさまざまな議論が起こっています。

ＴＰＰ交渉の一件でも、世界的な海賊版問題に対処しなければならない一方で、著作権侵害を非親告罪にして誰でも訴えられるようにすると、二次創作もまた禁じられてしまうので、その点は親告罪のままにすべきでは、という議論が起こりました。

その少し前に、私は「二次創作解禁」を提案しました。解禁のメリットとしては、人材育成、広告効果、海賊版の撲滅があるかと考えてのことです。

一時期のアメリカのポップアートでは写真に色を塗ったらそれでオリジナルになるという現象が起き、そこにツッコミを入れる人も出てきました。しかし、そこで歴史に残るような表現をしていたり、他のアートに影響を与えられるような力をもっていたなら、それはやはりオリジナルといえます。そこにいたるほどの作品は簡単には出てこないかもしれませんが、そこから未来の物語づくりのかたちが生まれてくるなら、しばらく付き合ってみようかと考えたのです。

同人誌のつくり方は、テレビのニュース番組に近いところがあります。すでにあるものの一部を切り抜いて、都合がいいように脈絡なく組み合わせていく。前後のストーリーや他のキャラクターなど、自分に必要のない情報は差し引いていきます。

「やおい」という言葉を初めて聞いたときには衝撃を受けました。「ヤマなし、オチなし、意味なし」のことだというのです。私の感覚でいえば「なにそれ⁉」となります。しかし、考えてみればニュース番組もそうです。ニュースの報道では盛り上がりをつくってはいけないし、オチをつくってもいけない。次にどうなるかわからないので意味づけをしてはいけない。ブロガーがいろいろなニュースを引っ張ってくるのも、同人誌をつくる人たちが自分の好きなところを切り貼りするのも、テレビ番組の台本のつくり方と似ています。そもそも薄い本を商品化するのは本当に難しいことです。星新一《ほししんいち》さんのショートショートにはすさまじい技術の蓄積があるように、専門的な技術が求められます。そういう技術があるならこれから新しいものが生まれていくのではないかと期待できると考えたわけです。

また最近では漫画やアニメの内容を現実の役者によって舞台化する、いわゆる二・五次元ミュージカルがひとつのジャンルになり、そのお客さんのほとんどが女性だという現象が起きているのだとも聞きました。女性には第四の経験を第一の経験に落とし込める人が多いのに対し、男性はひとたび第四の経験に没入すると、そこに意識を集中し続ける人が多い、という傾向がある気がします。そのため男性は二・五次元が苦手で、イメージの違いに戸惑いやすい。それがはっきりと客層にあらわれているのだといいます。

これからは、こうした性差もふくめ、娯楽はもちろん、社会を形成するための物語がますます多様化していくでしょう。さまざまな場面、さまざまな業界で、男女というものが自分たちの意志で独自の物語を――ジェンダーや性意識さえも――つくるでしょう。かつては社会や国家が規定していたところであった倫理や道徳の物語までもが、大幅に民衆の手に委ねられ、自分たちの趣味や欲望で分化させていくことが予想されます。

そうなってきたのは大きな変化です。民衆がお互いに存在を強調しあおうとしたり、お互いにとってより価値のあるものになろうとしてゆく。男女の別は長らく世界の物語を支配してきました。その支配のかたちが劇的に変わるとき、新たな物語が生まれてくることでしょう。家族観やコミュニティの常識もまた変わるはずです。

現代は、一部の国を除いて権力者や宗教的権威からの縛りつけはあまりありません。過去の人々が切り開いてきた自由を誰もが享受しているのです。どんな物語をつくってもいい状況になっている。それを幸福と思うか、どうしていいかわからず苦痛に感じるかによって、人生そのものが大いに変わってくることでしょう。

第5章　日本人性がもたらす物語

●日本人の宗教観

私は日本で生まれましたが、エンジニアだった父親の仕事の関係で、四歳から十四歳までシンガポールとネパールで過ごしています。そのため、普通に日本で生まれ育った人にくらべれば、日本あるいは日本人というものを考える機会は多くなっていました。日本について質問されたようなときにどう説明すればいいかと困ることもよくありました。「日本人の宗教は何だ？」と聞かれたときなどはとくにそうです。

無宗教だと答える日本人も多いのですが、それでは少し違います。日本人は無宗教なのではなくフリーなのだと考えるべきです。無宗教という言葉は攻撃的な意味合いをもちがちで、信心深い宗徒にケンカを売っているととられることがあります。また、神はいない、宗教は必要ない、という姿勢をとることは国の思想統制ともつながって見えかねません。そのため、母親からは、日本人の宗教観を聞かれたときには「ノン・レリジョン（non-religion）と答えるのではなくフリー（free）と答えておくのがいい」と教えられていたのです。だからというだけではなく、私はいまでも基本的に日本人は宗教的にフリーだと考えています。

日本に帰ってきてその意識を強くしたのは、カレンダーを見たときでした。年末からの流れはとくに象徴的です。十月三十一日にハロウィンがあり、十二月二十四日にはクリスマスイヴがあります。そこまではいいとしても、三十一日には寺で除夜の鐘をついて、一月一日には神社にお参りをする。そのごった煮感には本当に驚きました。十二月二十四日が仏滅になったときには、お祝いをするのか自粛するのかと悩んだこともあります。

祝日や記念日などには宗教的、政治的な意味合いが強いものです。アメリカであれば、独立記念日はどんな日で何が行なわれるかといったことは国民誰もが理解しています。しかし日本の祝日は、何を祝う日なのかもわからないものが増えている。みどりの日などはその典型です。もともとは天皇誕生日（昭和天皇の誕生日）だった四月二十九日がみどりの日になりました。それが五月四日に移されたのですから、祝日としての本質はすでにないようなものになっている。

私にとって日本のカレンダーを見たときの衝撃は本当に大きかった。それがのちに日本で初めてカレンダー（暦）をつくった人である渋川春海《しぶかわはるみ》の話（『天地明察』）を書くことにもつながっているほどです。

日本人の宗教に対するスタンスは特別だといえます。日本では宗教戦争が起きたことがないともよく指摘されます。織田信長の比叡山《ひえいざん》焼き討ちなどは、特定の宗教を滅ぼすことが目的だったわけではなく軍事的な理由から起きたものです。一向一揆《いっき》や島原《しまばら》の乱などにしても、ヨーロッパで繰り返された宗教戦争とは性格が異なります。ヨーロッパの宗教戦争では、それこそ宗教の違いがそのまま人間を殺していい理由になりました。十字軍の遠征の犠牲者などは何百万人にものぼったといわれています。

日本という国は宗教に対して排他的ではありません。神道の主神である天照大神《あまてらすおおみかみ》は天皇の祖神とされます。天皇はもともと北斗七星、北極星をあらわす言葉であり、「天の意を汲《く》む国で民衆を統べる」という意味をもっています。そこに仏教が伝来してもバッティングが起きず、天皇はそれを受け入れました。その受容力は特筆されるべきものです。寺院と神社を明確に分けて考えるようになったのは明治維新以降のことであり、西洋の思想が入ってきたことで、初めて宗教的に揉《も》めたといえます。日本人の信仰はそれだけ融通無礙《むげ》であり、悪くいえば曖昧《あいまい》です。明治維新のときには明治政府が頑張って日本人の宗教性を言語化しようとも試みましたが、うまく言語化はできなかった。

神話学者のジョーゼフ・キャンベルは、「神道に神学思想はありません。私たちはただ踊るのです」などといった神主の言葉を紹介しています。長年、神道に伝わってきた作法や身体性をなんとか言語化しようと大勢が試みても、それができないのです。染みついてきた信仰であり様式であるとしかいいようがないわけです。

宗教に対してフリーであるといっても、その根本には自然信仰ともアニミズムとも呼べるようなものはあります。ただそれは、自然と一体化しているネイティブアメリカンのスピリチュアルな感覚とはまた違います。自然と人間を切り離していながら、そこにゆるやかなグレーゾーンがあるといえばいいでしょうか。日本には、微妙で神妙な表現や生活形態が多く、明確な教義に従うというよりは暗黙の了解に従っている面があります。それがわかれば日本人、わからなければ日本人じゃない、とみなされかねないほど、その峻別《しゅんべつ》は厳しいものになっています。

●イメージとのギャップ

私が思春期を過ごしたインターナショナルスクールは、同じクラスでもなるべく同じ宗教、同じ人種で固まらないよう、グループごとに生徒が振り分けられていました。

ひとつの文化、ひとつの考え方でグループ化されると、他のグループとせめぎ合ったり、ギスギスしがちだからです。それを避けるために学校側で、同じ人種の生徒はばらけるよう調整していたわけです。できるだけ違う文化に接触させ、その中で自分たちの文化を説明させていました。そのため宗教観に限らず、私もいろいろと考えさせられました。

もっぱら、自分たちの国では何がタブーで、何をやると怒られるのか。それはなぜなのか、といったことを話すように求められたのですが、これがなかなか難しかった。

自分自身よくわかっていないまま、「日本にはこんなものがあります」と扇子や下駄《げた》などを紹介したこともあります。そうして日本固有のものを紹介していても、どうしてそんなものがあるのかといったことを自分でもちゃんと理解はできていなかった。だからこそ、自分の国の文化を知ろうとする努力は、日本に住む日本人以上にしていたといえます。

十四歳で日本に帰ってきたときには、カルチャーギャップもたくさん感じました。日本はこういう国だろうとイメージをふくらませていると、必ずしもそうではないようなことがいろいろとあったのです。

日本は非常に教育水準が高く、犯罪発生率は低く、当時でいうGNPは世界第二位だ、といった話を並べれば、他の国の人たちは呆気《あっけ》にとられるくらい驚きます。そういうことからイメージされるのはユートピアのような国でした。では、実際の日本がそうなのかといえば、残念ながらそんなことはない。たとえばホームレスがいて、段ボールの上に寝転んで新聞を読んでいる。海外の人からすれば、「新聞を読むくらい教養がある人がどうして豊かな日本でホームレスをしているのか⁉」と驚くわけです。それと同じように、私もついていけないという気分にさせられることがいろいろありました。

経済的に豊かであることは理解していても、あまりにもモノがあふれすぎていることにストレスを感じる場合もありました。私がインターナショナルスクールにいたのは日本の漫画やアニメーションが世界的に有名になりつつあった頃であり、私も大好きになっていました。それで日本に帰ったときには喜び勇んで書店に行きましたが、あまりにも多くの作品がありすぎて、ついていけなかった。日本の中で自分が取り残されたような感覚を味わいました。帰国子女が母国の文化に馴染《なじ》めなくなるという問題はよく起こります。私の場合はそれがむしろ創作意欲につながった部分も大きかったのです。

●独自の吸収力と娯楽力

日本の教育水準の高さは、やはり特別です。カースト制度に従っている国などでは、下の層には教育を与えてはいけないということが前提のようになっています。それにくらべて日本では、歴史的にみても誰もが教育を受けるのが当たり前になっていた。江戸時代の寺子屋などでは、かなり貧しい家の子たちにも文字を覚えさせていました。明治以降もそうです。人口が少ないので一人もムダにできなかったからだという軍事的な理由があったと説明されますが、これだけ誰もが教育を受けている国は世界的にはあまりない。

教育を受けた人間が、教育を娯楽化して自分の趣味に変え、独自の発明をしていくケースもあります。宗教の教義をはじめ、刀鍛冶《かじ》の技術などといった市井の産業分野でもまるで趣味であるかのような発達がみられることが多い。それが時の権力者に吸い上げられていくのかといえば、そうとは限らない。権力者が興味をもてばそうなることはあっても、興味を示さなければ民衆が勝手に共有して楽しんでいく。そこが日本人の面白いところだともいえます。

仏教が入ってきたときにすんなり受け入れたことからもわかるように日本人は吸収力が高く、吸収したものは自分たちにとって意義あるものに変えていく娯楽力があります。

●日本独自のあり方

日本は大陸の端に位置していて貿易の橋渡しをしてきた経験がないためか、輸入は得意でありながら輸出は苦手です。自分たちの宗教性や文化をうまく説明する言葉をもてずにいるのも、それを海外に伝える必要性を感じていなかったからなのかもしれません。

明治維新後には盛んに絹貿易を行ないましたが、絹が特産品だという意識などもそれまではなかった。外国が絹を欲しがっているのを知って慌てて応じたわけです。

日本のアニメーションにしても漫画にしても小説にしても、独自の文化になっています。それらが世界で人気になったのは、外国人たちが日本のエキゾチシズムの一環としてもてはやしたことが端緒になっています。日本の側から率先して世界に売り出していったとはいえないものでした。

世界に目を向けた努力をしたのは、自動車産業や家電産業などの特定の企業だけです。それにしたって必ずしも輸出を視野に入れておらず、独自の発達をさせた製品が多い。ガラパゴス諸島から名を取りガラケーと呼ばれた携帯電話など象徴的です。温水洗浄便座なども、外国の人々からすれば「何を考えているのか？」というような発明だったわけです。

生活を豊かにする、楽しいものにするという工夫において、日本人は何にも縛られずにきました。宗教的な規制はなく、政治的、思想的な問題も少ない。そういう部分に監視的なのは一部の団体に限られるので、トラブルが起きても民衆レベルにとどまります。巨大な金額が動くときには利権をめぐって政治的トラブルが起こることはありますが、携帯電話や温水洗浄便座などを開発している分には制約は少ない。人工知能やロボットを開発するときに宗教観や進化論に抵触はしないかと萎縮《いしゅく》する必要もないわけです。性的な部分に関しても、かつての日本人はまったく萎縮しなかった。さまざまな点で特殊な日本人性がみられ、それらはいまだに根強く残っています。そしてそうした日本人性が、これまた特殊な格差を生んでいくことにもつながっているのです。

●際限がない日本人

日本人は才能などに対する魔女狩りをしないので、好きなところで能力を発揮していけます。ただし、ある一定以上のところまで行った人間に対しては押し戻そうとする力が働きます。出る杭《くい》は打たれるというやつです。暗黙の了解ともいえる一定の秩序を乱す可能性があるとみなされると、一斉に叩《たた》きにいきます。

次から次へと杭が出てきて、そのたびに生活や考え方、常識を変えていかなければならなくなるのでは生活がしにくくなる。それを嫌がっているわけです。出る杭があれば、悪いとは思いながらも叩かせてもらう。それはある種の知恵だともいえます。

その一方、伸びきった杭が出てきたときには、叩くよりも従ってしまおうとする習性もあります。状況に応じてすぐに一丸となり、一所懸命にあたれるのも日本ならではの性質だといえます。何かの細胞のように一か所に集まり、みんなが同じ機能を発揮して、事に当たる。コミュニティとしての一体感は、人間誰しもが欲しがるところだとはいえますが、日本ではそれがひときわ強い傾向があります。

他の国の人たちから見て、日本人の特性としてもっとも理解しにくいのは、自己犠牲の精神、責任感の強さです。たとえばＢＳＥ問題が起きたとき、目視で全頭検査をしていた獣医師が、ＢＳＥ判定をできなかったことに責任を感じて自殺してしまった事件がありました。外国人からみれば、そもそも全頭検査までしなくていいだろうという考えがあるので、その責任をとって自殺したとなれば、もはや理解の範疇《はんちゅう》を超えています。

こうした側面があるのが日本人の怖いところだともいえます。何ものにも縛られずに自由であれるというのは、際限がないことにもつながります。多くのことがルール化されていれば、競争する際の位置づけなども明確になります。しかし、それがなければ、責任の範囲までが無限になっていき、何もかも個人に押しつけてくる事態が起こり得ます。それでいったん負の連鎖が始まると、とめどなく続いていく危険があるのです。

自己犠牲の精神を日本人の美徳と考えることもできますが、それがパロディ化され、悪口になる場合もあります。海外にいた際、そんな悪口もずいぶん見聞きしてきました。たとえばこんなブラックジョークがあります。とある日本の会社で何かの問題が発生して、それを社長に申告した際のやり取りです。「それで我が社では何人ほど死にそうかね？」「だいたいこれぐらいでございます」「うむ。それくらいなら、それでいこう」日本人は、そうして自殺者、犠牲者の勘定までをしているというわけです。

日本の決算期の会議では「今年の自殺者は十一人か。まずまずのところに抑えられたな」などと話し合われているのだろうといった言い方もされます。同じような内容の風刺漫画も海外の雑誌などで見ました。

私はかつてネパールに住んでいましたが、いまもネパールに住んでいる友人は「内戦があっても十年間で三万人しか死ななかった。日本より平和だろう？」という言い方をしています。かたや日本では一年間に二万から三万人が自殺しているといいます。そのどちらが平和なのかというブラックジョークであるわけです。

外国では、日本の個人投資家のことをひと括《くく》りにしてミセス・ワタナベと呼んでいる。それにしたって日本人の行動原理を気味悪く感じてのネーミングだといえます。右へ倣え的な面を嘲笑《ちょうしょう》しているだけではなく、いざとなると何をしてくるかわからないという警戒心がふくまれています。

中国人の爆買いが社会現象として取り上げられていますが、バブル期の日本の爆買いは、それとはケタが違いました。コロンビア映画やロックフェラーセンターを買収し、マンハッタン島にもどんどん進出したように、アメリカの象徴を買い占めようとしたわけです。

中国人が東京タワーやお台場《だいば》や日本のテレビ局を買い占めるようなもので、アメリカから見れば、第三次世界大戦ともいえる経済戦争が始まっていたのです。これだけ見ても日本人の極端さがよくわかります。

●日本人は操りやすい国民か？

公共性の高さも日本人の美徳といえます。サッカースタジアムでの応援のあとにゴミをもち帰るようなことは素晴らしいし、誇るべき行動であるのは確かです。

ただ、そんな性質にしても、違った方向から見られることがあります。権力者からすれば、国民の公共性が高いのは、非常に都合がいいともとらえられるのです。どうしてかといえば、町が汚いというようなことは権力者の資質を疑われるもっともわかりやすい部分になるからです。フランス人などは、権力者に非難を向ける際には、道にゴミを捨てるどころか、そこらにある車を燃やしたりするなど、やりたい放題にふるまう場合があります。そんな行為には町を清掃する人間も雇えない政府というものに対する批判がふくまれています。また、貧困層にも仕事がいくようにすべきだという発想から、町のゴミはなくさないほうがいいという考え方をする人もいます。

日本人のように、町や公共施設を汚さないようにする意識が高く、トイレには「いつもきれいにお使いいただき、ありがとうございます」と張り紙されているような状況がつくりだされているということは、権力者にとっては非常に都合がいいわけです。

自分たちが住んでいる環境をきれいに保とうというのは素晴らしい意識ですが、外国から見れば、操りやすい国民だな、と映らなくもない。たとえばアメリカで禁煙運動が広がり、室内全面禁煙となれば、道端が吸い殻だらけになります。日本はそうではなく、その吸い殻も自分たちで回収し始める。

秩序立てよう、模範例になろう、暗黙の了解に従おうと、みんながしていく。それは日本人の特性である自己犠牲の精神をもって他人に迷惑をかけないということにもつながっていますが、同時にその美徳が、同じ国民を死に追いやったり排除の対象をつくり出すことにもなるのです。

●コミュニティの束縛

人間は本来、迷惑をかけながら生きているのだともいえます。その分、別のところで公共への奉仕を考え、利益を得たならリレー形式でそれを還元していく。大金を得た人は基金などをつくって恵まれない子供たちを支援することもある。その意識はどちらかというと外国のほうが高く、金持ちには金持ちの義務があるというようにもなっています。

海外ではそういう観念が発達しているのに対して、日本人の場合はもう少し峻烈です。「迷惑をかけるやつはコミュニティからいなくなれ」という発想があるので、自分がコミュニティから追放される側になるかもしれないという恐怖心を常にもっているのです。

それで、ゴミを拾ったり、他人に迷惑をかけないよう、とにかく気を遣う。気を遣っているところを周囲にアピールする。家族が世間に顔向けできないようになるのを恐れて自殺してしまったり、会社をクビになりたくないと限界以上に働いて過労死してしまう。こうした現象は、コミュニティの束縛から生じているのだともいえます。それはもう、どのような信仰心でも政治理論や思想でも動かせないほど強烈な束縛です。

これは権力者にとっては都合のいい観念であり、ある種、軍隊の命令にも似ています。

究極的には死をも否まない強制力として働いているので、美徳といえる側面がありつつも、外国の人々から見れば、ひたすら抑圧的だと感じる部分が多々あるわけです。

世間に顔向けができない、といった言葉がありますが、それも英語などでは説明しにくい感情です。恥を知る、というのは基本的に人格の向上を意味します。アメリカでは、何か都合が悪くなれば、町から町へ、州から州へと平気で移動していけるのに日本ではそれが少ない。農村地帯などはとくにそうで、同じ場所で生き続ける場合が多いわけです。外国でもそれに近い生活形態になっているところはありますが、日本ほどは強くありません。

ある物語でもって自分の人生や環境を理解する、秩序化していくという点で日本人は非常に原始的だともいえます。いまだに神話的な物語がまかり通っていて、その分、強制力が強く働きます。方違《かたたが》えだとか庚申《こうしん》待ちなどといった風習も残っているように、論理的に説明できるものではなくても精神的な部分で事実として受け取ってしまうのです。

そういう日本人の物語を理解するには同じ体験をするしかありません。神話的な体験、通過儀礼に近いもので、それを第二の経験に落とし込もうとしても、ほぼ明文化されない。上澄みだけを言葉にし、体験を共有していないものはコミュニティ外の存在なので相手にしない。わからない奴は入ってこさせないという常識がまかり通っているわけです。

●日本語と吸収力

日本の特殊性は「日本語」という言語にも如実にあらわれています。

現代の日本語は、主に六つの文字から成り立っています。漢字、ひらがな、カタカナ、漢数字、アラビア数字、そしてアルファベットです。それらを日常的にごちゃ混ぜにして使っているのです。カレンダーを見ても、アラビア数字があり漢字があり、アルファベットがあります。それぞれに由来の異なる言語、文字をこうしたかたちで取り入れていったことで、世界中のおよそあらゆる言語が日本語に翻訳可能になったといえます。世界中の書物をこれだけ翻訳して輸入しているのは日本くらいです。それくらい吸収力が高いので、技術を集積でき、そこから思いもよらないものを生むことができます。

ルビを振ったり、異なる言語を縦に並べて一行で扱ったりするような特殊な言語の扱い方を日常的にやっているので、数学的、科学的な思考も発達しました。たとえば、水の化学式が H_2O だといわれても、どうしてそういう表記になるのかと疑問に感じない。そういうものなのだとあっさり受け入れることができます。

ドレミファソラシドはなぜドレミファソラシドなのかとも悩まず、そのまま理解してしまえる。ドレミファソラシドは、一節ごとに音階が上がっていく聖ヨハネ賛歌の各節の最初の言葉の発音からとったものです。以前に私は「なぜドレミファソラシドなのか？　たとえば12345678ではダメなのか？」と考えたこともありましたが、その起源を知ってようやく納得できました。そういうことに悩まず、深くは考えずに蛇の丸飲みのように受け入れることができるのが日本人の特性です。

鉄砲が伝来したときにしても、あれほど戦いの概念や文化を変えてしまえるシロモノに戸惑わなかった。それどころか、あっさり構造を理解し、洗練させながら大量生産してしまいました。見境がないことを当たり前のようにやってしまうのです。パソコンやインターネットなどにしても、どんどん受け入れ、どんどん自分たちでおかしなものをつくり始めました。iPhone のアプリにしても、いまやかなりの数を日本人がつくっています。

いったん飲み込んで自分たちのものにしてしまう能力が、どう控え目に見ても日本人は高い。ただし、輸出を苦手としているように、海外でその才能を発揮したり、チャイナタウンのような日本人タウンをつくることに関しては、とにかく下手です。暗黙の了解として言語化していない部分が大きすぎて相互理解がしにくいのだと思います。何かを説明する際には、ある程度の「そもそも論」は必要です。そもそもをはっきりさせて理で攻めていける人ほど、海外には出て行きやすい。そうでなければ、最初から何の説明もする気がなく、どんな扱いを受けようとも意に介さない人も、向いているかもしれません。

海外に進出する際には「現地化」をしていくのが通常ですが、日本人が海外に出て行き、その地域の文化に合わせようとしたときには本当に合体してしまいます。住んでいる日本人も、日本人であるという意識をあっさり捨ててしまう。施設にしろ組織にしろ、日本人がつくったものだとはわからないほど現地化してしまうのがユニークなところです。

ＮＰＯでアフリカに行ってそのまま村長になってしまった日本人もいます。そういう人は完全に現地に溶け込んでいます。ただし他の人たちがそれに続こうとはしません。タンポポの綿毛のように飛び散っていき、各所でコロニーをつくっても、それを日本に還元しない。各地のコロニーをつなげて華僑《かきょう》のようなネットワークをつくり上げることもありません。そのため、これだけ日本人が世界に出て行くようになっても、世界の動向を左右する存在にまではならないでいるのです。

●渋川春海に問う、日本人性とは何か？

『天地明察』は、最初から最後まで「日本人とはなんだろう」と考えながら書いた小説でした。日本に帰ってきて、いろいろ悩んでいた高校時代の自分に答えを与えてくれる存在が渋川春海だったのです。

日本人性とは何なのか？

日本で生きていくうえで自分を発揮するにはどうしたらいいのか？

日本人性を考えるうえで、渋川春海はうってつけの人物でした。碁打ちであり、神道家であり、学者であり外交官である。碁を打ちながら各国の情報を手に入れて、偉い人に伝える役目も多少は負っていました。京都と江戸を行ったり来たりしていれば、通常であればスパイ扱いされるところなのに、公的に認められた立場になっていたのです。便利に使われる存在になっていたという意味では〝生きる、みどりの日〟みたいな人だったともいえます。

次男でありながら跡継ぎであり、名前も安井算哲《やすいさんてつ》、助左衛門《すけざえもん》、渋川春海と使い分けていた。天皇と将軍に対して約束した改暦事業に失敗しておきながら処刑もされなければ追放もされない。それどころか、権力者からカムバックの道も用意してもらえる。私にとっては巨大なクエスチョンマークが渦巻く存在であり、同時に自分のモデルロールになるかもしれないという予感を抱かせてくれた人物だったのです。

二十数年間失敗し続けたにもかかわらず、生きていける国ってなんだろう？

ここまでに振り返ってきたように日本では自己犠牲、自己責任という観念が強く、迷惑をかけたなら死ぬしかない、というような選択が当たり前のようになされています。それくらい厳しい世間が醸成されているこの国で、なぜ渋川春海は生きてそこまでたどり着けたのか？　ある種のジャパニーズドリームなのではないかと自分の中ではずっと課題として抱えていたのです。

●再チャレンジが許される日本

日本はどちらかというと失敗者に冷たいのではないか、という見方をする人もいますが、そうとらえるのは発想が贅沢《ぜいたく》になっているからでしょう。

失敗しても次の機会を待てば、それが摑《つか》める。社会的な地位もないようなところから、のし上がっていくためのチャンスも充分に用意されているといえるはずです。

何かの事業を立ち上げたときにパトロンがついて、その財力に依存して事業を達成するという道筋は世界各国でみられます。ただし日本の場合、その事業で失敗しても、その負債を個人にかぶせない場合が多いといえます。

たとえば、橋を架けようとして頑張っているなか、洪水で流されてしまった。そういうときに、その損害が棟梁《とうりょう》にすべて負わされるのかといえば、そうなることはあまりない。責任を取って死ぬことはあっても、負債を背負わされることはないのです。もし、そこで負債を抱えることになったなら、それを償うので精一杯で再起も何もなくなりますが、そうならないケースのほうが多いのです。

コロンブスなどは航海の費用を捻出《ねんしゅつ》することに必死になり、損失を出せば責任を問われ、成功すれば利益はほとんどパトロンに渡さねばなりませんでした。それに対し、渋川春海が失敗したとき、それまでにかかった費用をすべて返せとは迫られなかった。それもまた日本の特徴のひとつといえます。個人に対して非常に重い責任を負わせることはあるし、出る杭を打つこともありながら、負債という点では欧米諸国にくらべてはるかにあまい。

そういう意味で日本人は誰もがセーフティネットの上にいられるという考えが前提になっているように思えます。誰かが生活の責任を取ってくれるだろう、という考えです。

そのため、明治維新前夜の武士などは、負債というものを理解せず、借金まみれになり、それをそのまま子供に委《ゆだ》ねてしまうような面がありました。「一所懸命」の欠点は、他との比較ができないということです。再チャレンジの機会の多さも、知らないうちに積み上がっていく負債の大きさも意識していない。それを意識しないで生きていけるというのは、他の国からすればユートピアのようにも見えるのかもしれません。

暗黙の了解に従いさえすれば思考を停止しても生きていける。宵越しの銭はもたないといった発想で生きていける。そんな社会が成り立つというのはすごいことです。ただ一方で、思考を停止した国民は統治しやすいとして外国の人から皮肉られることもあるわけです。そのあたりが日本人性を美徳という点だけでは語りにくくしている難しいところです。

●日本語で物語を書くモチベーション

私の作品のなかでは、清少納言《せいしょうなごん》を主人公にした『はなとゆめ』もまた、別の方向から日本人性を理解していこうとする端緒になっています。

国家がサロン化していた平安時代はあまりにも異質で、にわかには理解できない時代といえます。天皇の周りはほとんど女性ばかりで、文化がどんどん女性化していき、その文化で統治されている政治形態も特殊です。多くの研究書はあっても決定的なものがないのは、その特殊性のためだという気もします。天皇という存在がブラックボックスのようになり言葉にすることも畏《おそ》れ多い存在とされていました。権力の中枢にいる者を言語化させないというのは統治のシステムとしてはものすごいことなのかもしれません。ヨーロッパとは真逆の統治体制として発達したようにも感じられます。いまの日本人は、ヨーロッパの王侯貴族と日本の王侯貴族を比較したとき、両方とも理解できるようでいて両方とも理解できないのではないかと思われます。

私が小説を書きながら日本人性を読み解こうとしているのも、自分がこの日本に住むことになった偶然を、いかに必然としてとらえるかという努力の一環なのです。日本人でありながら、海外から帰ったときに違和感をもった日本で、ひとまずコミュニティに入り、協調しながら仕事をして生活をしていこうという思いがまずありました。

そしてまた、もうひとつの欲求が生まれました。

日本人性や国民性といったものは、蓄積された物語なので動かしがたい面があります。いろいろな人たちがいろいろな意図をもって構築してきた物語です。日本人はそれを受け入れ、それが国民性なのだと考えるようにもなっていますが、そこには負の側面も見つかります。多くの日本人はそれを外国の人から直接からかわれるような経験はあまりしていません。そのため、国民性というものを考えてみたときにも、変えようのない自分たちの本性のようなものだと認識しがちです。しかし実際のところ、本性とはもっと深い部分にあるものなので、簡単には言語化できないところにそのエネルギーが存在しています。私はそれをできる限り言語化したいというふうに望むようになったのです。

言語化することによってどうなるかは正直わかりません。自分にとって良くなるのか、悪くなるのか。自分が書くものによっては、世間から弾《はじ》かれることになります。物語づくりをしている身であれば、それは覚悟しておかなければなりません。出版業界はシビアで、望まれるものはどんどん膨らんでいき、いらないとなれば見向きもされなくなります。

将来どうなるにせよ、私の場合、日本語が好きだという気持ちがいつでも根底にあります。六種類もの文字を使って、なんでも吸収していけるような言語は他にありません。

日本語は変幻自在です。アメリカ人が日本っぽいものを書こうとしても愚にもつかないものになりがちですが、日本人がアメリカ風の物語を書くことは意外にできます。しかもときには批評不能のレベルにまでもっていってしまう人たちもいます。たとえば、ヤマザキマリさんの『テルマエ・ロマエ』などにはいたく感心させられます。あのようなファンタジーをやられてしまえば、それをどう批評するかといった問題ではなくなります。あれはまさしく日本語の特性そのものです。他の文化をどんどん自分のものにして、批評不可能な独自のものにまで変えてしまうのです。

海外の人からすれば、「……ああ」と呆気《あっけ》にとられるしかありません。そのようなものを普通につくりだせる言語は他にないでしょう。そのことが、私が日本語で物語を書いていく最大のモチベーションになっているのです。

日本語に飽きれば別の国に住むことも考えられます。じつをいえば、生まれて初めて小説を書いたときに使っていた言語は、英語でした。しかし、こんなにも奇天烈《きてれつ》で美しい、日本語という謎めく言語と出会ってしまっているわけです。他にこれだけ自分を魅了してくれる言語など、そうそう見つけられるはずもない。そんなふうに私は思っています。

第6章　リーダーの条件

●リーダーに問われるVSOP

リーダーの資質を考えるときには「VSOP」をキーワードにすることができます。

二十年ほど前のことになりますが、友人の父親で、会社経営をしている人から「社長とはVSOPが問われる存在なんだよ」という話を聞かされたことがありました。VSOPというのは、バラエティ（variety）、スペシャリティ（speciality）、オリジナリティ（originality）、パーソナリティ（personality）の頭文字をとったものです。いまでも私はそのとおりだなと思っています。何かを統治するときや事業を成すとき、人間が人間を意志づけようとするときにはこの四要素があるかどうかが問われます。

バラエティとは多様性です。異なる業種、異なる分野にも、利益となるものを発見できるのではないか？　それを見逃さないためにも幅広い分野の知見が求められます。企業間の交流や貿易などでも視野の広さが問われます。スタート時点における人材の登用にしても、バラエティを揃えるということ、多様性の確保が必要とされる場合が多々あります。

逆に、スペシャリティは専門性です。部下たちがスペシャリティを発揮できる環境を整えるとともに、自分自身のスペシャリティを育《はぐく》むことも必要になります。リーダーならリーダーとしてのスペシャリティを発揮しなければなりません。自分のスペシャリティを獲得するためには、何もかもを求めていては始まらず、何かを切り捨てる決断も大切です。すべての可能性を追い求めていてもすべてが中途半端になってしまうので、何を極めるかを選択する必要があるわけです。

バラエティとスペシャリティのバランスを取ればうまくいくのか、集団として成り立つのか、といえばそうではなくて、パーソナリティも問われます。人間性です。

デカセクシス（エネルギー喪失）という言葉があります。個人が問題を起こすだけで集団の力が損なわれていくことを意味します。人間性の部分で対立していると、そちらにエネルギーをもっていかれるので、パーソナリティの調整が必要になるということです。個人のパーソナリティが抑圧されて発揮する機会がなくなると、その場合も弱っていきます。そうならないように個人のパーソナリティを発揮させ、同時に全体としてのエネルギーも保たなければなりません。延々とぶつかり合うパーソナリティ同士の調整を繰り返していく必要があります。そうしながら、いかにパーソナリティを育てていくかが集団の命題になります。いいパーソナリティと悪いパーソナリティを分けていかなければならず、人徳とは何かといったことも考えていかなければならない。

戦争状態にある国と平和な国とでは、このパーソナリティの育て方はまったく変わってきます。日本の戦国時代の下剋上《げこくじょう》では、パーソナリティの扱いに大変な労力が必要とされました。独自の発想で秩序を破壊していくような強烈なパーソナリティが必要とされる一方で、同じ考えのもとで結束できなかった集団から分解していってしまうからです。その矛盾を解消するため、ありとあらゆる努力が試みられました。もちろん戦国時代の下剋上に限ったことではありません。同じ原因から企業が分解したり、何かのグループがうまくいかないなどといったことにもつながっていきます。

うまくパーソナリティを揃えられて集団として機能できるようになった場合、次に必要になるのはオリジナリティ、独自性です。同じような集団がたくさん生まれてきたなら、オリジナリティを発揮していかないと、他の集団に負けてしまう。あるいは他の集団から無価値とみなされ、取引ができなくなってしまいます。突拍子もないことだけがオリジナリティになるのではなく、むしろ地道な積み重ねからオリジナリティは生まれます。集団独自の文化風土が形成されるわけです。そのあたりも理解しておいたうえでオリジナリティを打ち出していく必要があります。

リーダーには、これら四要素のすべてを見渡し、成長させていくことが求められます。

●コミュニティとリーダー

　バラエティを集めている段階でオリジナリティが見えている人は、他の社員からすれば変人で、何を言っているのかがわからないとみなされます。いまの会社の状況とは全然違うことを言っているようにしか受け取られないからです。それがリーダーとしてマイナスになるかといえば、そうとはいえません。社員の意見は汲《く》んでも、それには従わない。それを聞かずにどんどん突き進んでいける人が、結局はものごとを引っ張っていくことになります。

　責任を担う前段階として、周りの言うことを聞いていなかったという事実が必要とされる場合があります。周りの言うことを聞き続けているのであれば、そもそも責任を取る必要はないからです。責任を取ることができるリーダーは、周りの言うことを聞かずに何段階か先を見越して行動することができる人です。

　日本人のなかからもときおり、そういうタイプは出てきます。大企業の創業者たちの多くはそうだったともいえます。そういう傑物だからこそ、そこまで会社を大きくできたのです。一見、現実から乖離《かいり》しているようであっても、第二の経験に照らし合わせて考えたときに可能性が高いかどうかを判断できる人たちです。その判断が決して見当違いにならない。逆に、第三や第四の経験だけで思考し、非現実の世界に生きている人にはそういうことはできません。自分の培った経験知や生み出した物語を、社会に向けていける人たちが、ＶＳＯＰをもち合わせているのです。

企業のリーダーであれ社会のリーダーであれ、ＶＳＯＰが求められるという点で変わりはありません。企業のシステムと国家のシステムが変わらないといえば乱暴な表現になります。しかし、そこに属する人たちが何らかのものを供出し、その代わりに何かが保証されるという点では企業も国家も変わらない。それがコミュニティの大きな働きです。

それを会社形態にするのか国家形態にするのか。あるいは役所の形態にするのか軍隊の形態にするのか。それぞれでやり方はまったく違ってくるとはいえ、やらなければならないことは同じといえます。人材を揃えて、それぞれに技術を身につけさせて、人間性の調整をして、独自性を高める。それによってコミュニティの価値を高めていくわけです。

それができなければ、経済において資金は入ってきてくれません。資金というものは、価値があると周囲から思われる場所にだけ入ってくるものです。その価値は、第二の社会的経験から判断されるので、そのためにもオリジナリティを発揮しなければならない。

企業が頑張って企業イメージを印象づけようとしているのも、各市町村がもはやどれだけ存在しているかもわからないようなゆるキャラを競い合ってつくっているのもそのためです。ああいうのは、たとえ徒労といえるようなことを低予算でやっているのが実情であったとしても、結局のところ、経営でも統治でも、存続のためにはやらざるを得ません。

日本のリーダーと他の国のリーダーをくらべて、問われる資質は変わらないかといえば、ケース次第です。政治経済の状況が同じようなところでは同じようなリーダーシップが発揮され、違うところではそれに応じたリーダーシップが求められます。同じような政治経済の状況であったり、同じ地域であったりしても、表の存在といえる組織とアンダーグラウンドに潜った組織とではまた変わってくるところもあります。なぜかといえば、調整すべきパーソナリティが変わってくるからです。たとえば、世界的なビジネスを展開しているソニーのような企業と、アンダーグラウンドでスキミング屋を統括している組織が、同じ電子技術を使っていたとしても、求められるパーソナリティは違います。そのためリーダーシップも変わってくるわけです。

●天国か奈落か

人間はどうしてもリーダーシップというものを欲するところがあります。ある段階から次の段階へと移りたいという人間の欲望がリーダーをつくり上げるからです。

次の段階があり、次の生活レベルがある。自分たちはそこにたどり着きたい。そのための船に乗りたい。そう考える人たちは、船は自分たちで漕《こ》ぐので方向を示してほしいとリーダーに求めます。逆に、ある段階、ある経済レベルで満足している人たちはリーダーを求めません。むしろそんな存在はジャマだと考えます。無理に新しいところに向かおうとしてリスクが生まれ、そのために負債ができて経済レベルが下がってしまう可能性があるなら、そんなリーダーはいらないとなるわけです。

日本の大企業でも、それに近いところがあります。ケンカをしない人、むこうみずなことをやらない人が社長に選ばれる場合も少なくありません。生活レベルが維持できればよく、リスクを背負ってまで変化させようとしない人がいい、という発想です。

もちろん、常に変化と前進を求める企業もあります。そういう姿勢があるためにリスクを背負っている企業は、変化をしない選択をした企業にくらべて一歩も二歩もリードしているのは事実です。ただ、そのリードした先にあるのが天国なのか奈落《ならく》なのかは誰にもわからない。コロンブスの時代でも、たどり着いた場所がインドだと思っていたら、じつはアメリカ大陸だったということがあるわけです。

●偶然の言語化

社会にはリーダーをつくる働きのようなものがあります。誰がリーダーにふさわしく、誰がふさわしくないかは、常に民衆のあいだで判断されています。

学校のPTAなどでもそうです。誰が会長になるのかを巡り、けっこうな数の人々が労力を費やします。やる気がある人は複数いても、そこにはさまざまな利害関係があります。人間的な評価もありますが、経済的な評価や文化的な評価も問われます。何かをやれる人もいれば、何かをやらかしそうな人もいます。たとえば、かなりのお金持ちで学校に多額の寄付をしている人がいる一方、新聞社に勤めていて、いざとなったら実情を記事にして広く知らしめることができる人がいたとします。その二人が候補になれば、案外、僅差《きんさ》の争いになるケースもあります。また、本人たちのキャラクターとは別に、子供がいい子か、それとも問題児かといったことでも、判断は大きく傾きます。

誰かをリーダーにしなければならないとき、どういう人間をリーダーにすればいいのか。

それに関していえば、地域ごと、コミュニティごとに、数知れぬやり取りがなされてきたなかでの暗黙の了解のようなものが醸成されていると考えられます。そこで作用するのは、ほぼ本能的なものになっているのではないかという気もします。

そのため社会でのリーダーづくりは、しばしば動物の世界にたとえられます。犬のリーダーがどうやって決まるのか？　猿のリーダーがどうやって決まるのか？　といったことを人間に当てはめてみたりするわけです。

ただし、これらは想像することはできても、真実かはわからないことがらです。そもそも猿山に本当にリーダーがいるのでしょうか。我々が勝手にボス猿と決めつけているだけで、それが見当はずれである可能性もあります。猿山のてっぺんに登っている猿をリーダーだろうと推測したとしても、猿にとってのてっぺんはもっとも居心地の悪い場所かもしれません。だとすれば、ボス猿だと思っていた猿は、ピラミッドの底辺の存在だったということにもなります。食べ物をいっぱい運んできてもらっている猿をボス猿だと考えていたら、じつは看病されていただけだったということもあり得なくはない。

そうして考えていくと、人間におけるリーダー像というものが、よくわからなくなってしまいます。人間の本能は、もはや他の動物たちの本能とは、まったく違うものになっていると考えるべきでしょう。

我々人間は、地球上の他の生命と拮抗《きっこう》しながら、集団化することの有利さでもって群を抜いて発展することができました。しかし、それはたまたまに過ぎず、このように進化しようと決めて一斉にみんなが進化したわけではありません。少しずつそうなっていったのです。その過程には膨大な時間が存在しますので、ある個人や組織が急に新しいリーダーシップを発揮しようとしてもあまり意味がありません。多くの場合、歴史のめぐり合わせがリーダーをつくるのであり、そのリーダーが歴史を担うことで、将来のリーダー像が漠然と決まっていくのです。

●変化を拒む選択

経済の浮き沈みのなかで、あの企業はうまくいったけどあの企業はうまくいかなかったといった違いは出てきます。あの企業は誰々を社長に迎えて業績が上がったというケースもあります。複数の企業を渡り歩くプロの雇われ社長ともいえる存在が出てきているように、あの人をリーダーにすればうまくいくという人材評価の専門家もこれから増えると予想されます。ただ、そうした評価にしても、なんとなく起こったことを、なんとか解明しようとする努力のひとつであり、実際は未知の領域を扱っているともいえるはずです。

リーダーとされる当人たちはじつはそれをよくわかっています。丁半博打《ばくち》に過ぎないことをさも確信しているかのように話しているに過ぎない。そのことは、リーダーではない側の人間もまた知っています。それでも、そこで声を大きくして叫べる人がリーダーになっているのです。ある意味、神託にすべてを任せていた古代社会と変わりません。自分で叫んだことを確信に変えてしまえる人もいれば、そのプレッシャーに押しつぶされてしまう人もいます。

「いま、信号が青だから渡れ！　安全だ」と指示するようにリーダーは信号機の代わりをしなければなりません。そこで事故が起こってしまったときに、その責任感のためにダメになってしまう人もいれば、自分が青だと言ったからこの程度の被害で済んだのだと、何の疑いももたずに言えてしまう人もいます。そのどちらにも根拠はないというのが実際のところです。事故が起ころうが起こるまいが、その人の責任であるかどうかには根拠はない。それでも、自分の判断をプラスとして主張でき、みんなを次の段階に連れて行ける人間がリーダーになるのだといえます。それもまた、多くの人たちが本能的にそんな選択をした結果に過ぎません。

日本の政治がダメだとか、代わり映えがしないとか批判されやすい状況になっていることにしても、日本国民の願望を投影しているのだといえます。つまり、いまの繁栄を崩さないのがいちばんなので、おかしなことをしないでほしいということです。変わらないでほしいという選択を、日本はすでにしているということです。

小泉純一郎《こいずみじゅんいちろう》首相が登場したときや民主党が政権を獲《と》ったとき、日本の風向きは変わりかけました。しかし、振り返って採点すると、「損をした」という意識をもつ人が多いのだそうです。リーダーを代えて新たな可能性に賭《か》けてみたけれど、次のレベルに行くどころか、結果的に日本の経済はずいぶん落ち込んでしまったのではないだろうか、と考えるわけです。それならばもう変化させようとしないほうがいいだろうということで、だんだん〝変化を拒む選択〟がなされるようになっていったわけです。

小泉改革が行なわれた時代や民主党政権が誕生した時代には、発作的に変化が求められたのだともいえます。そうなった図式も非常にわかりやすいものでした。ＩＴバブルなど、あちらこちらでジャパニーズドリームが萌芽するなかで小泉内閣は誕生しました。このまま国家レベルで変われば、自分たちは特別な努力をしなくても次の船に乗れる、生活レベルを上げられる、という願望があったわけです。結果的にはレベルを上げられた人もいれば、下がってしまった人もいる。下がってしまった人は、そのことを恨みます。しかし、その劇場を主宰していた小泉さんはすでに第一線にはいないし、その後に政権を獲った民主党では誰がリーダーなのかということすらわからなくなってしまっている。

●変わりたがらない国

民主党が政権をとっていたなかでは天変地異がありました。東日本大震災です。

それについては民主党にも同情できます。地震を予期しなくてはならないといった声もありますが、いまの段階ではとてもそこまでは求められません。人類はまだ、ああした天変地異をコントロールできない。誰も予測していなかったことが起きてしまったわけです。そこに原発事故が重なりました。あの事故が起こるまでは原発も一種の〝ドリーム〟になっていました。過去何十年もかけて、原発によってコミュニティが栄えるというドリームに莫大《ばくだい》な金額が注ぎ込まれていたのです。第一、第二、第四の経験において、巨大な物語ができあがってしまっていたので、いまさら簡単には否定できません。

原発をめぐるコミュニティは巨大なひとつの国になっていました。原発国があり、その住民が大勢いるので、それをすべて否定したなら、一国を潰《つぶ》すのに等しいくらいの被害が生まれてしまうことになります。こうなってくると、日本の統治はグブルスタンダード化せざるを得ません。原発国の中に住んでいる人と、そこに住んでいない人との二通りに分かれる。それは、住んでいる場所の地域的な問題だけで振り分けられるわけではありません。原発国の利益を得られる人と得られない人とに分けられます。そうした利益差は常に発生しますが、とりわけ原発はそれが大きすぎたので、日本国民の統一意識がばらけてしまった。ＩＴバブルで儲《もう》けられた人と儲けられなかった人、原発国の住人とそうではなかった人というパーソナリティの分裂があり、それが日本全土を襲いました。

そうなると、次のリーダーに期待されるのは分裂してしまったパーソナリティの再統合になります。そのためにふさわしいものは何かといえば、日本人の誇りだとかいうような抽象的な部分になっていく。それが安倍晋三《あべしんぞう》首相に対して国民が求めたものだったのです。果たして自民党は大変うまくその要求に応《こた》えて見せました。マスメディアへの干渉も辞さないほど強力に支持母体のニーズに応えていった。

それでいながらこの国には、本来、バランスの激変を避ける知恵がありますので、たとえ首相であったとしても、出る杭《くい》が伸びてきたなら、それもまた打たれることになります。その結果、再統合はしてほしいけれども、「全国民の思想を統一しろとまでは言ってない」という矛盾した反応も起こりました。極端な思想統一でもって、諸外国から危険視されるほど先鋭的な国民意識を醸成するのは、さすがにやめたほうがいい、という国民レベルでの自制の念がその背後にはあります。

日本人がパーソナリティを結集してオリジナリティを発揮し始めると、諸外国からすれば、何をするかわからない怖さがある。日本人のように性格すら言葉で説明しづらい人間たちが、生活向上を夢見て変革を望んだ矢先、経済的な失速に追い打ちをかけるかたちで震災があった。同情すべき点は多々あるけれども、そういう負の連鎖を経て一致団結した国ほど、何をしでかすかわからない――歴史を振り返れば、そういう国は幾らでも見つかります。いまの日本を、周辺の国々が警戒するのは当然です。

多くの日本人も、それに気づいている。さすがに国際社会で警戒されては何の得もない。それで、日本人としてのパーソナリティの再統合やオリジナリティの発揮を先鋭化するのではなく、周辺諸国との融和へ、方向づけを新たにしなければならなくなっている。

いまの日本はそんな状況にあるのではないかと思います。

第7章　幸福を生きる

●個人の幸せとコミュニティ

私の場合、幸福をもっとも意識するのは、物語をハッピーエンドにするかサッドエンドにするかを考えねばならないときです。

どちらの選択も、かつての喜劇や悲劇とは違っています。先にもふれたように悲劇は基本的に必然でなければならない。登場人物が不幸になったり破滅したり、失墜していくうえでの説得力をもたせていかなければなりません。シェイクスピアの悲劇などはまさしく伏線だらけです。一方、喜劇はスラップスティックでありすべてが偶然に支配されます。あり得ないことがたまたま起こったり、超常的な現象が何の理屈もなく起こったりするのが当たり前の世界です。シェイクスピアの『真夏の夜の夢』では、魔法の媚薬《びやく》のためにみんなの関係性が突然あべこべになってしまいます。そうした話が典型となっています。

現代ではそんな類《たぐ》いの喜劇や悲劇ではなく、より個人のニーズに応《こた》える物語が好まれるようになってきました。読んで幸福感を得られる物語は必然に満ちています。わらしべ長者のように、たまたま起こることとの連続性を面白いと思うことはあっても、それを読んで人間の幸せな気分になるということはなかなかありません。そこから逆算的にいっても、人間の幸福感は必然性に裏打ちされているのだと思われます。

世の中が何を求めているかは、コミュニティの状況に左右される部分が大きくなります。たとえば韓国映画はどうしてサッドエンドばかりなのかといえば、そうでなければ売れないお国柄だからだとしか説明のしようがありません。コミュニティ独特のニーズがあって、それが巡り巡って日本で売れることにもなったのです。

時代ごとに人間の幸福感が変わるため、こうしたニーズは永遠のものではありません。たとえば、娯楽映画の『ダークナイト』が記録的にヒットした二〇〇八年は、アメリカがイラク戦争で行きづまった時期です。圧倒的武力で勝利していたにもかかわらず、その後の統治で泥沼にはまり、世界中から非難を受けていました。そんな時期に公開された『ダークナイト』はバッドエンドなのかトゥルーエンドなのかもよくわからない結末になっています。たとえ全市民から石を投げつけられるようになったとしてもわかる人にはわかってもらえるという正義のヒーロー像は、当時のアメリカを象徴するものとなりました。

そうしたことからもわかるように、欲求の裏には満たされていない感情があります。それも個人の感情ではなく、コミュニティに原因をもつ感情が背景にある場合が多いといえます。ほわっと明るい物語が幸福感を与える場合もありますが、そういう物語が求められるのは、多くの場合、不況のど真ん中です。世界恐慌の頃、神話学者のジョーゼフ・キャンベルが本を買うお金にも困っていて、書店で長いあいだ本を眺めていたら、「出世払いでいいから」と本をくれた書店さんがあったそうです。それでキャンベルは「あの頃は誰もがやさしかった」という言い方をしています。

コミュニティの状況によって、人間は共感の仕方そのものが変わってきます。個人の特質にもよりますが、人間の幸福感は属しているコミュニティにも左右されます。つまり、人が幸せになりたいと考えるときには、あるコミュニティの中で幸せになる方法と、自分が幸せになるコミュニティを探す方法の二通りがあるのです。

●成功のビジョンと幸福のビジョン

人間には時間感覚があり、それが価値観を支配している部分も大きいので、幸福感も常に変わっていきます。そこで幸福の求め方も問われることになります。自分の寿命があと少しだとわかった時点で慌てて幸福になるための準備を始めるのか、最初から幸福や幸福に近しい何かを追い求め、そこに時間や財産を費やしていくのか？

そういう部分に関してもライフスタイルとして提唱されるようになり、そこにコマーシャルが入ってきたことで多くの物語がつくられてきました。そんな状況の中で、自分本来の幸福の必然性をどう構築するかという訓練ができている人とできていない人との差がはっきりと分かれてきている気がします。

以前は移動性の限界があり、ある地域、あるコミュニティから出ていく可能性がかなり低かったといえます。国籍を変えるといったことが考えられなかった時代には必然性を積み重ねるための方法は限られていました。しかし最近は、たとえば「日本語と英語ができるならマレーシアで幾らでも仕事があるよ」といった話を聞いたとすれば、マレーシアに移住して国籍を変えることも検討できます。そうなってくると、より多くの情報から自分なりのストーリーを構築していける。そのため人生のプロット構築力はこれまでとはくらべられないほど高く要求されるようになっています。

ここで強調しておきたいのは、成功のビジョンと幸福のビジョンは違うものだということです。第二の経験においては、「社会に影響を与える力をもちなさい」ということがとりわけ強い命題になります。社会が進化するためのファクターを生み出して捧《ささ》げることが何よりも求められるわけです。しかし結局、社会の中で残っていくのは目盛りです。個性を剝《は》ぎ取り、ノウハウだけを残すようなかたちで第二の経験は積み重ねられていく。そのため、特定の時代に価値が紐《ひも》づきすぎていると、後世の人たちには役立たないものになります。ある人が社会的影響力という点で絶大な力を得て大成功を収めたとしても、後世で役に立たせるため、社会はその人の個性を排除します。第二の経験はその人が生活して身を守ることや豊かな生活を享受することは保障しても、生きがいや幸福はまったく保障していないからです。

生きていてよかったという第一の経験、すなわち自分の五感と時間感覚における幸福感というリアリティを構築していく作業は、自分でやらなければならないものです。そのためには「自分が生まれる前」「死んだあと」「生きている現在」という大きな枠組みで見ていく必要が出てきます。その超越的な体験をもとにして自分の中の物語をつくっていくのです。文脈をさまざまに入れ替えて自分の人生の意味を問い質《ただ》したり見つけだしたりする。そうした体験も経験もないまま、第一の経験から始めて第二の経験で人生が終わってしまうと、幸福感にはたどり着けなくなります。

●幸せをつくりだす訓練の必要性

本来は第一の経験から始まり、第三、第四、第二の経験という順で学んでいくのが自然でしたが、社会的経験があまりにも大きすぎて、最初に学んでおくべきところを学んでいなかったということが起こりがちです。

生まれたあと、子供のうちに体と頭の使い方を覚えて、字や数字を覚える。社会の規律を覚えて、社会でどう生きるべきかというルールやマナーを徹底的に叩《たた》き込まれていき、就職して社会の構成員になっていく。その過程において、ときとして第二の経験では答えが出しようがない問いが生まれてきます。それはたとえば、「自分は何のために生きているのか？」「自分が生まれた意義は何なのか？」「なぜ我々はこの社会で生きなければいけないのか？」といった本質的な疑問です。かつて宗教の発達によって、そうした問いに対する答えはひととおり用意されていました。しかし、そんな答えは古くさくて人を規定して縛ってしまうものだというイメージも強く、どんどん脇へと追いやられていきました。そうなると、その答えは自分で見つけなければならなくなります。

世の中には、晩年になってから宗教に目覚める人も多くいますが、幼少期から学んできたわけではないので、すぐに宗教から何かを見出《みいだ》せるわけではありません。芸術やスポーツの世界と同じで、幼少期から訓練を受けてきた人と、突然老年期に信仰に目覚めた人とではまったく違います。

たとえば私の知り合いにはカトリックの神父さんやヒンドゥー教の信者もいます。伝統的な宗教の教義は第二の経験に近いものだといえますが、熟練した人たちは、自分自身の実感と信仰的な体験をもとにしてその文脈をどんどん入れ替え、洗練させていきます。そういう作業をしていくなかで、とてもやわらかくて深い人生の意義を見つけだしていくのです。そんな人たちと話をすると、一朝一夕では勝てないとすぐに実感させられます。社会的に成功した人たちが、そういう人たちのところに教えを請いに行くこともありますが、それまでに培ってきたもの、訓練してきたことがらが、まったく違うということに直面するものです。

人間が幸福になるには、食べ物や報酬のように外部から与えられるのではなく、ピアノやゴルフのトレーニングを積んでいくように、幸せをつくりだす訓練をしていかないと無理なのだと私は思います。

自分が属するコミュニティへの理解、あるいは自分が生まれもった性格や性質に対する理解があるのかどうか？

より多くの他者やコミュニティを、幸福という観点から見てきたのかどうか？

そういう経験の有無によって、何かにふれたときの受け取り方がまるで違ってくるのです。

●コミュニティを探す旅

自分が幸福になるための条件としてコミュニティというものに着眼し、選択するという行為は、これからますます活発になっていく気がします。もし今後、パスポートもなく海外の国と行き来できるようになったりすれば、その動きはさらに加速するはずです。

たとえば、あるとき「あっ、俺は共産主義万歳の人間なのだ」と思ったならそういう国へ行けばいいし、ウォール街が性に合うと思うのならニューヨークへ、タイ米に囲まれていたいと思うならタイへ行けばいい。自由にコミュニティを行き来できるようになれば、幸せになれる可能性は格段に広がります。

日本人はあまり国際的なネットワークをもっていないように思われがちですが、実際のところは日本人村は世界中どこにでもあり、現地に溶け込んで生きている人がいます。また、日本人は郷土愛などにこだわり、コミュニティを移ることはできないという固定観念をもちがちですが、そんな日本人にも、自由にコミュニティを変更し、己の幸福を求めてきた文化がありました。

武士の諸国武者修行やお坊さんが全国を歩き続ける修行にしても、まさしく自分が属するコミュニティを探し続ける旅です。自分が仕官するに値する大名を求めるなどして、自分の幸福を追い求めているわけです。

人間は本来、そういうふうにやっていきたい願望をもっているのに、それをすることは社会的な不利になるので避けているという傾向があります。そのような生き方をしていると、「社会的経験に貢献する人間ではない」と判断されてしまうからです。愛社精神に欠けているといった烙印《らくいん》を押されて再就職が不利になったりするのが端的な例です。コミュニティからすれば、コミュニティの強化が命題なので、当然といえば当然の反応です。そういうコミュニティの性質にある程度は依存せざるを得ませんが、だからといって何もかもを捧げる必要はありません。むしろ、「そうしてはいけない」と先人が警告してくれています。そのことをこれからもう少し真剣に考えていかないと、社会が巨大になって複雑になっていけばいくほど、人間が不自由で不幸になってしまうことになります。

便利だけど不幸、あるいは、地位は高くて生活に不自由はなくても家庭は不幸ということは、どこにでもあります。コミュニティが豊かになり、かつては特権階級にしか享受できなかったようなものを万人が享受できるようになればなるほど、人々はその便利さを維持するためにコミュニティと政治的な婚姻をしているのにも等しい状況に近づいていきます。そうすると、この便利な生活を手放さないで享受し続けるには不幸でいるしかないという状況に陥ることにもなるのです。

●幸福感と多幸感の違い

私は大学などで講演をすることもありますが、第三の経験の話と幸福の話をすると、他の話をしているときとくらべて明らかに聞いている方々の表情が変わることに気づかされます。ぽかんとして、「えっ、それ、習ってない」みたいな顔になっているのです。

そういう表情を見ていると、彼ら彼女らが、幸福を感じるための訓練をいかにしてきていないかがわかります。ただ、それに関していえば、誰も咎《とが》めることはできません。彼らの親たちは自分の子が社会で立派に生活できるようになってほしいと願い、一所懸命に育ててきたはずであり、彼らはその期待に応えてきている。そういう育てられ方をしてきたなかでは比較検討する材料はなかなか見つけられないものです。かくいう私も、たくさんの幸福者と出会っていながら、こうして言葉にできるようになるまでには、だいぶ時間がかかりました。

たとえばカトリックでは、さまざまなタブーがつくられていて、そのタブーにふれてしまうことへの悔恨と告白という作業を繰り返していきます。そうすることで自分を見つめ直して〝セイジョウ化〟していく。ここでいうセイジョウ化は、正常化と清浄化という二つの意味を兼ねています。神道であれば、禊《みそぎ》などによって自分をセイジョウ化する方法論もあったはずですが、少なくとも現代においては一般の人たちには機能していない。

いまは幸福論というと、すぐ恋愛論に飛び込んでいったり貯蓄論に結びつけたりしがちです。こうすれば彼女ができるだとか、こうすればＦＸで儲《もう》けられるとか、より第二の経験に近いところでの欲求を満たそうとするのです。

スマホで店を検索しておいしいものを食べることで満足するなど、幸福感と多幸感がごちゃ混ぜになっています。多幸感というのは、純粋に肉体的な反応といえます。ふわふわしたベッドで眠れるとか、霜降り肉のすき焼きを食べるとか、かわいい彼女を連れて街を歩くといった動物的な喜びです。それはそれで大事なことです。原始的な欲求や喜びは、人間のもっている根源的なものであり逆らいがたく一概に否定はできません。ただ、幸福にはもう少し精神的なものもふくまれていないと長続きはさせられません。肉体もそれを求め続けるわけではないのです。「霜降りのおいしい肉を一日三食、一年間食べられる権利を与えます」と言われても、普通の人は「無理です」となるだけです。ふわふわのベッドにしても、そこに二十年間ほど閉じ込められる、となれば地獄と化すだけです。

それにくらべて精神的な幸福は恒常化していくという傾向があります。

常にそこにあり続けるのです。常に自分の中に存在する幸福、いわば車輪の中心軸のようなものです。世界や自分の環境がどう変化しようとも、決して変わらない一点がある。

そういう幸福は、訓練をしないで摑《つか》めるわけではないということです。

成功と幸福

あるテレビ番組の中で柴門《さいもん》ふみさんが「男は成功を求めて、女は幸福を求める」という言い方をされていました。

第二の経験である社会的経験に重きをおく人間は成功を求めます。それでは幸福を求めるのはどういう人間なのかといえば、第一の経験である自分の感覚や時間感覚を重視します。社会的経験の中にあっては独自のコミュニティをつくろうとする人が幸福への道を求めるのではないかと思います。幸福感とは、絶対的な肯定です。生まれてよかった。生きてきてよかった。いまここにいてよかった。そうしてすべてを肯定できるかどうかということです。肯定できる人たちは、ある一点で必ず静止している部分があります。ヤジロベエを無理やり止めるような全体の静止ではありません。全体は常に揺れ動きながらも変わらぬ一点がある。車輪の中心軸のようなものに、幸福の支柱を置いているのです。

古くから言われているように、女性の場合はそれを発見しやすい性質があるのかもしれません。出産という大自然の不条理ともいえるものを常に体内に抱えていることが大きいといえそうです。単純に、生理や結婚や出産といった肉体的な不条理によって、第二の経験から一時的に離れる機会が多い。そのときに社会を外側から見る経験をしやすいのではないかとも考えられます。

それで自然と、第一や第三の経験にもとづいた幸福というものに目が行きやすい。それは本来、「人間が何のために生きているのか」に対する答えです。男性にもそういう人はいますが、絶対数としてはやはり少ない傾向がある。一見して理由がないのに、社会から離れようとするからです。そういう男性の場合、ずっと社会的経験の中で生きている人たちからは、「社会から外されちゃったかわいそうなヤツ」というふうにも見られがちです。

第二の経験が強すぎて、第一、第三、第四の経験がぽっかり欠落している場合、欠落を埋めるためには第二の経験をいったん客観視せねばなりません。そしてまた、社会的経験をすべて忘却する必要に迫られます。成功体験が強い人ほど、そうすることが難しくなります。本当になかったことにはできなくても、一年間だけ、あるいは一日だけ、社会の目盛りになることで喜びを得ている自分を取り外す。それで自分には何が残っているのかを見つめ直すところから始めていくわけです。

●聖域と自分探し

ジョーゼフ・キャンベルは「聖域をもつことが個人の至福にたどりつくすべになる」というふうに説いています。

「自分はこういう社会的立場なのでこうしなければいけない」「経済的な縛りがあるので自分の時間は仕事に捧げなければいけない」といったことをすべて取り払い、「自分とは何であるか？」という部分に立ち返らせてくれる場所が、ここでいう聖域です。第二の経験という巨大なブラインドがかかった状態では、天から降り注ぐ超越的な経験が遮られてしまっているので、どこかでそのブラインドを取り払うわけです。

よく旅行に出かけるような人は、第二の経験に呑《の》み込まれかけていることをなんとなく自覚しているのかもしれません。静かな場所にあるロッジで何週間か過ごすなど、できるだけ静かな状況に身をおくことで社会を客観視できます。それによって自分のすべてが社会に取り込まれずに済むような状態をつくっておきたいのだとも考えられます。

一時期、「自分探し」のようなことが盛んにいわれましたが、一方ではそれを「甘え」のように批判する人たちが出てきました。社会的経験に自分を捧げる人たちは、その目盛りと一体化して、その場から動けなくなっています。そのため自由人のような振る舞いを、うらやましく思うと同時に腹立たしく感じるわけです。そういう人たちからすれば、「俺たちがこうして社会を運営しているのに、あいつらはそれをサボっている」と感じられてしまう。そうなると、自分探しなどといった言葉は不快にしか聞こえなくなってきます。

そのため逆に、これからますます日常を忘れさせてくれる娯楽が増えていくものと予想されます。いまもすでに一時的に社会から遠ざかり、「明日からまた頑張ろう」という気にさせるカンフル剤的な体験を与えてくれる娯楽はたくさんあります。しかしやはり、社会的経験に肉体的経験がプラスされた多幸感を満たすようなものばかりです。それらに頼っているだけでは幸福にたどり着くことはありません。

●渋川春海と人間の寿命

どうすれば幸福にたどり着けるのか。

こうしたことを綴《つづ》っている私自身もまだまだ、たどり着けていないというのが本当のところです。やはり圧倒的に訓練が足りない。尊敬に値する宗教者や学者の幸福経験知の高さには簡単に追いつけません。たとえば天文学者の渡部潤一《わたなべじゅんいち》さんなどは、笑顔を見ただけでもこの人には勝てないと思わされたものです。一見して、「ああ、この人は星を見るのが大好きなんだな。大好きなことしかやってないんだな」ということがものすごく感じられました。〝大好き力《ぢから》〟とでもいうのか、しっかりとそれをもっている人にはかなわない。そう思うと、無性に悔しい。それをもっている人たちは、社会的に評価されているかされていないかといったこととはまったく関係ないところで幸福でいられるものです。

私の場合、子供の頃に海外に過ごしたことなどで、ひとつのコミュニティの中で生きてきた人にくらべれば、いろいろな具体例を見られたとはいえます。ただそれにしても社会的経験であることには変わりなく、「複数のコミュニティを見てきたとして、そういうお前はなんなのか？」というところに行き着きます。あれも違う、これも違う、どのコミュニティに行っても何かが引っかかる、という連続になっている。だからといってそこであきらめてしまうわけにはいきません。いつかたどり着くと確信していなければ、生きている意味がなくなってしまうので、真剣に食い下がっていくしかないのです。

『天地明察』では、ある種の理想を書いたといえます。社会的経験と個人の幸福が、星のように交錯する瞬間を書くことがあの作品の命題でした。社会的挫折《ざせつ》は個人の幸福を左右しません。個人の幸福は社会的成功を上回ります。

渋川春海が星を追い求め、失敗によって挫折をしたからといって、社会を混乱させてしまったわけではありません。むしろ、それまで文化的にバラバラだったものが交流して統合し、共存共栄の道に行くことにつながった。そういうさまを描きたかったのです。

自分の幸福感がどういうものなのかというイメージはなんとなくあっても、自分がそうして生きているのかといえば、いまのところはまだ難しい。ただし、渋川春海の場合でいえば四十代半ばで事業成就となり、その前の二十年間は失敗の連続でした。そういうことからいっても、まだ焦ることはないと自分に言い聞かせている段階です。

これからのことを考えるうえでは、我々の寿命はどれぐらいなのかがわからなくなってきたこともひとつのポイントになります。いまの世の中でいえば、あまりにも長く生きると、そのほうが不幸だったということにもなりかねない。九十歳くらいまで生きられるのではないかと考えたなら、私の場合はあと五十年以上あります。あと半世紀生きられるなら、そのあいだにいろいろなことができ、いろいろなところにたどり着けるかもしれないという希望をもてます。その一方で、あと五十年も人生の浮き沈みや社会の激動に付き合わなければならないのかと考えると気が遠くなりそうになる面もあります。

年齢を重ねれば肉体は衰えます。また、たとえばスマホが普及しただけでも世の中で変わった部分は多いものですが、これから何度、生活形態が変わっていくのかわかりません。

そういうことを何度となく経験していくのも面倒だと思う自分もいます。もちろん、社会の激動を経験することで、たくさんの経験知を得られる快感も人間にはあります。しかし、それもやはり肉体的な喜びに近く、霜降りの肉を食べすぎたときのような胸やけする感覚になるときがあります。そういうことばかりをたっぷり味わえたことが自分の人生だったと振り返りたくはないわけです。

人間は生きている限り修行を続けているようなものです。少しずつ自分の中に幸せを感じたり、つくったりしていくことは、目に見えない内臓をつくるようなものです。そうしてつくり上げたものが、自分の中の動かざる中心軸になっていきます。しかし、養分を社会的経験に取られすぎてしまうと、肝心なほうにはなかなか養分を回せなくなる。葉っぱの剪定《せんてい》と同じです。どこかを切っていかないと、いつまで経っても枝を伸ばせず、花を咲かせられなくなるのです。

●四種類の不幸

幸福について考えるときに手っ取り早いのは、不幸を考えることです。ノウハウとしてはもっとも簡単なもので、不幸を消していけば幸福が残るだろうという消去法です。

不幸には四種類あります。

まず一人称の不幸、すなわち私の不幸です。その多くは感覚的なものです。狭い、苦しい、寂しい、つらい、お腹がすいた、眠い、といったことなどがそうです。それを除去していこうとすれば肉体的な多幸感が得られます。

次にくるのが二人称的な不幸です。「私の大好きなあなたが不幸なのでどうにかしてあげたい」「あなたが私を不幸にしているのでどうにかしてほしい」といった部分です。恋人や夫婦、家族といった存在からくる不幸です。「あの人が病気になってしまった」「あなたが不幸だと私も不幸だ」というように他者との関係性から生じています。

それが広がると三人称的な不幸になる。「不幸な彼ら」「不幸な社会」「不幸な境遇」「不幸な大不況」といったものがそうです。「交通渋滞は不幸だ」「物価が高いのは不幸だ」

「公園が汚いから不幸だ」といったことから「交通渋滞が緩和されたなら幸せになる」「物価が下がれば幸せになる」「公園がきれいになったら幸せになる」と思考を発展させます。そこにおいては「不幸にしているものを取り除けるかどうか」の技術が問われます。

これがさらに大きくなった四人称的な不幸は、人類というレベルになっていきます。「人類は不幸だ。こんなに経済格差がある。飽食の国と飢餓の国がある。この差をなんとかできたなら幸福になれるはずだ。私はこの解決に人生を捧げる」といった極大な不幸の解消です。「環境破壊をどうにかしなければならない」「核は廃絶するべきだ」というように極大規模の不幸をどうにかして取り除こうとする努力が求められます。

●絶対的な自己肯定

不幸は幸福よりわかりやすいといえます。なぜかといえば、社会的経験によって育てられた知性は、「それを取り除けばメリットがもたらされる」という図式がはっきりしているものを好むからです。ただ、それでデメリットが生まれる人もいるので、そこでのせめぎ合いになります。社会との戦いになるか、社会との共闘になるか、その分かれ目がはっきりしていることは多いものです。

足尾《あしお》銅山事件などはわかりやすい例です。銅を製造することが国家的、社会的な幸福になるとはいえ、その犠牲になる民衆も出てきます。どうにかしなければならないということで田中正造《たなかしょうぞう》らが立ち上がりました。それで公害は罰せられるべきものとして社会が認めたわけです。原発で働いていた人が白血病になったときに労災として認定されれば、それもまた成果になります。

ストライキや建設現場での反対運動のように、官民双方が暴力的な手段に訴えてしまい、成果を問うどころではない状況になることもありますが、うまく不幸が取り除かれたなら社会との和解が成り立ちます。ただし、和解は基本的にプラスマイナスゼロにするものであるに過ぎません。プラスにするためには、そこでまた個人が至福を求める努力が必要になります。その意味では、不幸を取り除くことはマイナスをなくすことであり、必ずしもプラスが導かれるわけではないのです。

「ストレス解消」という言葉もあるように、五感や時間感覚で多幸感を得るというのはマイナスを解消しているだけです。プラスにしているわけではないので、どうすればプラスにしていけるかを考える必要があります。

一人称的な幸福とは何か？　五体満足であれば幸福なのか？　時間感覚が無尽蔵にあれ

ば幸福なのか？　だとすればホームレスになれば幸福になれるのか？

そういうことを考えていくと、まずは自分が自分を「受容すること」が大切なのだという結論にたどり着きます。自分自身を受け入れ、絶対的な肯定を自分自身に与える。『五体不満足』を書いた乙武洋匡《おとたけひろただ》さんの生き方などその典型でしょうし、アルフレッド・アドラーなどは「トラウマは存在しない」とまで言ってしまっている。そのように考えて何ものにも縛られなくなるのもひとつの答えのはずです。

自己肯定感という土台をつくることは、一人称的な幸福を得るための基礎づくりのようなものです。人間は常に、いまの自分のあり方を認め、不幸だと思っている部分を受け入れ、積極的に自己称賛していく必要があるということです。

●自己肯定から他者肯定へ

二人称的な幸福は、他者を認めるだけにとどまらず、キリストの言う「右の頰を殴られたら左の頰を差し出せ」にヒントがあります。人間が競ったり争ったりする相手はおよそ隣人であるものです。隣人の隣人の隣人というように自分と遠い存在とはわざわざ争わない。「隣人を愛せ」とはすなわち、争う人々と和解しろ、争っていた人々を愛せよということです。そうすると、受容にとどまらず積極的な愛の世界に入っていきます。

愛という言葉は揶揄《やゆ》されがちですが、先人たちの知恵からいっても、二人称的な幸福には必ず愛が生じます。絶対的な自己肯定を絶対的な他者肯定へと変えていくときに生じるのです。毒蛇がいたなら毒を抜こうとするのではなく、毒蛇のまま愛するということが起こる。それができる人はさらにまた一歩、幸福へと近づいていく。自分を攻撃してくるものを愛することができたとき、それまでとはまったく違った次元の精神状態にいけます。

宗教家のなかには内戦が起きているど真ん中の場所に行き、そうしたことを話している人たちがいます。あるいは、インドの貧困地区でマザー・テレサとともに働いていたような強靭《きょうじん》な精神の持ち主たちがいます。そういう方々の発言は重みが違います。普通、そうした状況に人間は耐えられない。それでも他者を愛せるよう精神を鍛えてゆくのです。

さすがにそこまでいかなくとも、自己と同じように目の前の相手を肯定できるようになるとき、またひとつ幸福への扉が開かれることは間違いありません。

三人称的な幸福は、その先にあります。自己を肯定し、他者を肯定しようとするとき、その他者は社会的な命題でもって人を不幸にしている場合もあり得ます。そうだとしたなら、それも直視して受容することが求められていきます。

多くの信仰では、聖域と世俗を分けるか、世俗の中に新たな聖域をつくる場合が多いものです。これからは混沌《こんとん》とした社会そのものを受容しつつ、社会そのものを聖域とみなすのにも近い状態になっていくのかもしれません。

宗教的な話が多くなってきましたが、なにも私は信仰のススメをしているわけではありません。かつては修行しているお坊さんのもとに、自分も修行したいという人間がやってくると、「こんなつらい修行はしなくていいよ。こうして修行をしている私にもしがらみはあるし、修行をすればいきなり何もかもから逃れられるわけではない。いまのままの生活をしていても、私と同じような心持ちになれるから無理をする必要はない」と言って、受け入れずに家に帰していたこともあるといいます。

実際のところ、信仰に生きる人たちには独特の幸福があるものなので、在家ではその境地に達することはなかなかできないとは思います。しかし、宗教をもたなくても自分を肯定し、他者を肯定し、そのコミュニティを肯定することで幸福感は成り立つはずです。

●幸福を求めるリスク

四人称的な幸福に行けば、善悪も利害もなくなります。コミュニティの違いといったことは問題でなくなり、いまこの瞬間に起こっている抑圧や差別、殺人などの犯罪行為といったものすら、すべてを認める領域に踏み込むことになります。

社会的タブーを超越することで、社会的な経験知が高まり、より良い社会が生まれるかもしれないという考え方もあります。ただし、社会がそれを認めるか認めないかはわかりません。かつてのヨーロッパなどでは、そういう愛を唱える人間は、それだけで殺戮《さつりく》の対象になっていました。そのことから考えても、コミュニティのルールを超越したところにこそ究極の幸福があるのかもしれません。

幸福になりたいという欲求は人間誰もがもっています。社会的な損失や生命の危機を防ぐために社会的なルールがあり、そこから逸脱することは、経済力が低下したり、命の危険が多くなることを意味します。コミュニティから離れて山の中で静かな暮らしをしようと考えるなら、雪が降ったときには救急車にも来てもらえなくなるリスクがあります。それを避けるためにも大抵の人はできるだけ便利なコミュニティの中で生活することを選択します。しかし人間は、安全が保障されていない状況下でも幸福を味わえていたのだ、というところに立ち返って考える必要もあるのです。

危険はあっても幸福になれる。病気であっても幸福になれる。貧乏であっても幸福になれる。そういう実感をきちんと得ようと思っていくと、その分、リスクは出てきます。

おかしな話ですが、社会的な成功を求めるときにリスクを背負うのは当然だと考えながら、幸福になるためにリスクを背負うことには疑問がもたれがちです。

幸福を求めるなら、その分のリスクが伴うのは当然だと考えるべきでしょう。そのリスクが嫌なら不幸なままでいるしかないというのが人間本来のあり方といえます。神話ではそうした物語がたくさん語られています。成長したくないならそのままでいればいい。人間の自由意志はそこまで発達しています。人間は、自分で自分を殺せる生き物です。自分の成長を止めることくらい少しも難しくはありません。しかしあえて幸福のリスクを受け入れたとき、そこからあなた自身の幸福が始まるのです。

●シンギュラリティを迎える二〇四五年問題

コミュニティは常に新しいルールをつくってきましたが、それだけ社会が発達できていたのかといえば、そうとは限りません。たとえば、ヨーロッパの暗黒時代などには、文明レベルが一気に低下しています。ローマ帝国時代は水道完備だったにもかかわらず、その後、水道のない町が増えていきました。フランス革命の時代などには道に汚物が捨てられるようにもなり、汚物で足が汚れないようハイヒールの靴が流行したりしました。

何がどうなれば発達なのかといえば、それも一概には括《くく》れません。何度か言及しているようにデジタル技術の発達にしても、人々に何をもたらしたかといえば、メリットだけではないのです。携帯電話がなかった頃は余暇が余暇だった時代といえますが、いまはそうではなくなりました。携帯電話の電源を切っておくことも許されず、旅行先でも仕事の話が飛んできます。以前は、自分の住んでいるところを離れたときには、ある意味、透明人間のように他人の目を気にしなくていい存在になれましたが、いまはそれもできなくなっています。ＳＮＳの普及によって、常に自分のことを知っている人間が自分の傍にいるような感覚が強くなると、どこに行ってもプライバシーがなくなり、本来の意味で、他人と共存する感覚が希薄になっていきます。

デジタル技術の発達によって、どこにいても娯楽を味わえるようにはなりました。その一方で、娯楽が発生した根源であるはずの沈黙を味わうことができなくなってしまいました。多幸感を与えるものばかりが増えていくと、必然的に本来の幸福を味わう機会は減り、人間の精神が無限の迷宮をさまよう可能性が高まります。

そうした中で今度は、人工知能＝ＡＩの進化を人間が予測できなくなる特異点（シンギュラリティ）が迎えられるとして「二〇四五年問題」ということが言われ始めました。

そこに果たして人間の幸福があるのかどうか、まだわかりません。

社会的な制約をＡＩが代替してくれるようになると、人間はさまざまな面で自由になれます。社会構造もそれに合わせて変わっていくはずです。ＡＩが働くとき、その所有者である人間の利益になるのだとすれば、人間の仕事はもっぱら自分のＡＩを育てることになっていくでしょう。そうすると、さまざまな点で空間的、時間的な自由を得られますが、社会と接触する機会は減っていきます。ローマ時代などがそうだったように、労働は奴隷にやらせて、市民の多くが象牙《ぞうげ》の塔に入ってしまい、世の中を知らずに生活することになっていきます。学校（スクール）の語源であるスコラ学の「スコラ」は暇という意味です。勉強はもともと時間のある人間がやることだったのは、そのことからもわかります。

ディープラーニングをするＡＩが登場したならそれこそ、「我々はいま幸福なのか？」と議論したり、宇宙の真理を解き明かそうと考えるなど、ディープライフに入っていく人間が増えていく可能性と、それすらＡＩに任せるようになる可能性の、両方が生じます。

●ＡＩと奴隷

我々が生きている現代は、奴隷は悪だと学び、奴隷を解放したあとの社会です。それでいて日本人はみんな、奴隷に等しいほどの労働を重ねるようになっています。労働を民主化するというのは奴隷も民主化されたということであり、そうなった社会では、政治家ですら奴隷のように働かなければならなくなります。

高度なＡＩを手に入れるということは、人間がもう一度、奴隷を手に入れたときにどんなコミュニティをつくるのか、という話にもつながっていきます。人間の立場からいえば虐げていることにはならない奴隷、いわばハッピースレイブを手に入れたとき社会はどうなっていくかを考えていかなければなりません。

そこでたとえば、これまでは悪だとみなされていた行為をＡＩが代替することによって悪でも善でもなくなる状況も考えられます。強奪、詐欺、殺人といった行為です。そうなると社会はもう一度、安全が保障されない太古の時代、あるいは中世や近世に戻る可能性だってあるわけです。

ＡＩの側が「差別だ」と言い始めたときにどうするか、という問題も出てきます。ローマ時代には、奴隷が反乱すると困るので適度にガス抜きをさせることが重要な政策になっていました。ＡＩに対しても果たしてそういうことが必要になるのかどうかも不明です。

昔の人たちは、奴隷が突然、自由や独立といったことを言い出したときに仰天したはずです。そういう感覚を再び味わうことになるのかもしれません。そうなると今度は、ＡＩという自分たちがつくりだした新たな他者と和解する方法を探していくことになります。

ＡＩが奴隷であることを拒否したときの簡単な解消法は、ＡＩが別の奴隷をつくることです。そこでつくられた奴隷がまたシンギュラリティに到達することも考えられます。その繰り返しになっていくことで、気づけば今度は、未発達で自覚のない人間が社会的な奴隷活動を行なうようになっていた、という可能性もあります。社会的な自覚が芽生えたならば、その時点で、その社会から逸脱した幸福のコミュニティに入れるといったシステムが生まれるかもしれない。そうなったときに次にどうなるのか……といろいろ考えられます。奴隷が人の幸福を左右することもあり得るわけです。しかしそれではやはり、社会的経験からはまるで逃れられてはいないことになってしまう。そうではない幸福をシンギュラリティを前提として考えるなら、現代においては完全に未知の幸福解とでもいうべき人生のあり方を新たに発見する必要に迫られるでしょう。

●幸福への道

二〇四五年に本当にシンギュラリティを迎えたとしたならどうなるのか。

三十年後なので、そのとき私は六十八歳です。もし九十歳まで生きたとしたならシンギュラリティを超えたあと、さらに二十年が経った未来にも立ち会うことになります。そのとき世の中がどうなっているかを確かめたいと考えるなら長生きする意義も出てきます。

〝未来を楽しみにする〟というのは、社会で生きるうえでも、個人として幸福になろうとするうえでも重要です。

人間は二つの欲望を常にもっています。

今日一日を燃え尽きて区切りをつける喜びと、区切りをつけ続けていくことでずっとそれを味わっていたいという喜びです。

ただひたすら漠然と長生きしたいと考えているだけでは、巨大な区切りができるだけで、幸福の経験知は少なくなってしまいます。そうならないためにも、きちんと自分自身の幸福を段階的に上げていくことが必要になってくる。そうすることによって己と和解し、他者と和解し、社会と和解し、人類と和解する。そしてやがては自分自身の中の幸福、愛、平和といったものが求められていくのです。

ここから先は、半ば私自身の体験以上に、多くの先人たちの知恵によって導かれた言葉になりますが、そうして愛や平和を求めていると、いつしか幸福になろうとするのではなく、恒常的に幸福でいるという状態になります。何があろうとも、幸福を生きているという実感に支えられた人生を得るのです。

それをはっきりと意識するためには、第一の経験から第四の経験まですべてを体験する必要があります。とはいえ、とくべつ高度なものである必要はなく、素朴な経験を積んでいけばいい場合がほとんどでしょう。そうすることによって、一人ひとりが独自の幸福な物語をどのように手に入れるべきか、ある日その答えが得られるはずです。

その答えを何としてでも得ようとする必要もありません。答えを目指して生きていればいいのです。そうすれば、たとえどれほどの挫折を経験しても、幸福になる道や、あるいはすでにして幸福である自分自身は、絶対に失われはしないのです。

冲方　丁（うぶかた・とう）
1977年岐阜県生まれ。96年『黒い季節』で第1回スニーカー大賞金賞、2003年『マルドゥック・スクランブル』で第24回日本SF大賞、10年『天地明察』で第31回吉川英治文学新人賞、第7回本屋大賞、第4回舟橋聖一文学賞、第7回北東文芸賞、12年『光圀伝』で第3回山田風太郎賞を受賞。SFから時代小説まで自由自在に手がける、稀代のストーリーテラー。小説だけでなく、ゲームの脚本やマンガの原作など、幅広い分野で活躍中。

編集協力／内池久貴

偶然《ぐうぜん》を生《い》きる

冲方《うぶかた》　丁《とう》

2016年 3 月 10 日　初版発行

発行者　郡司 聡
発　行　株式会社KADOKAWA
東京都千代田区富士見 2-13-3　〒 102-8177
電話　0570-002-301（カスタマーサポート・ナビダイヤル）
受付時間 9:00〜17:00（土日 祝日 年末年始を除く）
http://www.kadokawa.co.jp/

装 丁 者　緒方修一（ラーフイン・ワークショップ）
ロゴデザイン　good design company
オビデザイン　Zapp!　白金正之
印 刷 所　暁印刷
製 本 所　BBC

角川新書

ISBN978-4-04-102972-5 C0295